7
三木なずな
illustration. かぼちゃ
没落予定の貴族だけど、
暇だったから魔法を極めてみた
I am a noble about to be ruined, but reached the summit of magic because I had a lot of free time.
TOブックス

人物紹介

-character profile-

ラードーン

世界を脅かした三大神竜の一頭。リアムの身体に宿り助言を与えている。長寿のため古風な一面がある。

リアム

ハミルトン伯爵家の五男。とある異世界から意識だけ転移してきた男。三度の飯より魔法が好きな生粋の魔法オタク。

ピュトーン

世界を脅かしした三大神竜の一頭。リアムに目覚めさせられて、仲間になる。いつも眠そうである。

デュポーン

世界を脅かした三大神竜の一頭。魔法を自在に操るリアムに惚れ込み、居座っている。

アスナ

明るく快活な女冒険者。
元々はリアムとパーティを組んでいた。

ジョディ

お淑やかな女冒険者。
元々はリアムとパーティを組んでいた。

スカーレット

ジャミール王国の思慮深い王女。
先見の明に長けており、リアムに爵位を与えた。

クリス

お転婆な女人狼。聖地を守るためにリアムを攻撃したが、神竜を宿していると知り仲間となった。

レイナ

信心深い女エルフ。リアムに導かれたことがきっかけで、従者となった。

フローラ

パルタ公国の大公陛下の庶子。
リアムを陥れる罠として送り込まれたが、命を救われ仲間となる。

I am a noble about to be ruined, but reached the
summit of magic because I had a lot of free time.

illustration. かぼちゃ
design. アフターグロウ

TOブックス

.219

「はあ……はあ…………ふぅ……」

力に気圧されて数十秒、胸を強く圧迫されたような苦しさにどうにか慣れてきた。

解放されたわけじゃない、あふれる力の強さにいまも全身を圧迫され続けている。

それに慣れただけで、我慢できる程度になれた、というだけだ。

そうして、空の向こうを改めて見た。

「これって……星空？」

「そうね」

前々世のデュポーンが頷《うなず》き、同じように視線を向けつつ、答えてくれた。

「星しかない空間よ」

「星しかない空間……」

「呼び方は色々あるみたいだけど、向こうの生き物たちは宇宙、あるいはシンプルに『そら』と読んでいるようよ」

「向こうの生き物？」

「私達が住んでるここことは別の世界なのよ」

「別の……世界……？」

俺は首をかしげた。

別の世界というのはどういう物なのか理解できなかった。

「うーん、どう言えばいいんだろ」

「わしに任せろ。住んでる家と別の家がある。これは分かるな？」

前世のラードーンが代わりに説明を始めた。

前々世のデュポーンが少しだけむっとしたが、特に何も言わずに引き下がった。

「え？　ああ、うん。もちろん」

「では、住んでいる村とは別の村がある。これも分かるな？」

「うん」

「住んでいる国とは別の国がある」

「うん」

「住んでいる大陸とは別の大陸がある」

「うん」

「そういう事よ」

「え？」

話にカットインしてきた前々世のデュポーン。

俺は「どういう事？」って感じで首をかしげて、彼女を見つめ返した。

「ええ？　うそ？」

「その考え方はこいつには通じんよ。魔法以外の事は本当にからっきしのようじゃからな」

「えっと……」

「住んでいるこの世界とは別の世界がある、という事じゃ」

「ああ、なるほど」

「え？　今の類推できなかったって事？」

驚くデュポーン、肩をすくめるラードーン。

「才能値が全て魔法に極振りされているのじゃろうな。たまにおるじゃろ？　そういう人間が」

「まあ……そうだったかもね」

前々世のデュポーンがここで納得した。

俺は少し考えた。

前世ラードーンが言う事を考えた。

家、村、国、大陸、世界。

どんどん大きくしていった。

何となく言いたい事は分かった。

そして、再び向こうを見た。

「あっ、面白い星が」

「え？　どれ？」

「あれだよ、星の回りに輪っかがある」

デュポーンが同じようにのぞきこんだ。

星しかない向こうの空間に、ものすごく大きくて、光帯のような輪っかがついている星が一つあった。

「ああ、これ。向こうじゃ有名なやつみたいだよ。やっぱり特殊だからね」

「うん、そうだよね」

「それよりも本題にはいろっか」

「あ、うん」

そうだった、と俺は言われて思い出した。

星空を見るのが目的じゃなかったはずだ。

「物って、世界の壁を跨《また》ぐと、形を失って力、エネルギーに変わるの。で、あっちの世界の物はこっちに来ると崩壊して純度の高い魔力になる」

「ああ、なるほど！」

俺はポンと手を叩いた。

そして少し考えて、手をかざして、魔力を練り上げ魔法陣に変えた。

「ほう」

「あら」

デュポーンとラードーン、二人はすぐに「分かった」みたいだ。

「魔力抵抗を上げてみたけど、効果あったみたいだね」

「こっちはすぐに分かるのね」

「その上対処もできる」

「すごい子ね。そこまで尖《とが》ってると人生つらいだろうけど」

「そこは当代のわしがなんかするじゃろう。気に入ってるみたいだからな」

「そうね」

ラードーンとデュポーンは何か言い合ってた。

俺の事を言ってるみたいだけど、なんの事やらって感じだ。

「えっと、これからどうするの？」

「向こうから何かが飛んでくるまで待つ。それはこっち側に来た瞬間崩壊して莫大な魔力になるから、それを受け止めて自分の物にしなさいよ」

「それってかなりしんどいよね。いまでもこれくらいなんだから、実際に何かが飛んできたら大変だろ？」

「それをどうにかしなさい、って事よ」

「なるほど」

俺は少し考えて、自分の髪の毛を一本抜いた。

抜いた髪を向こうに放り込んだ。

すると、髪の毛が「境目」を越えた瞬間、瞬く間に崩壊して何かの力になった。

魔力ではない、初めて見る力だ。

「なるほど」

俺は頷いた。

大体分かった。

しばらく待つと、向こうからまっすぐ飛んでくる何かが目に飛び込んできた。

「くる」

「運がいいわね」

「どういう事？」

「あれって確かスペースデブリって呼ばれてたわ。自然物じゃなくて人工物」

「向こうの人が作ったって事？」

「そう。人工物の方が強いエネルギー――魔力になるのよ」

「そうか」

俺は頷いて、身構えた。

予想よりも更に数段上の魔力になる、そう思って身構えた。

それはまっすぐ飛んできた
飛んできた「スペースデブリ」が境界を越えた瞬間。

「【タイムストップ】――っ!!」

時間を止めた。

時間を止めて来るであろう膨大な魔力を吸収しようというプランを立てたが、停止した時間の中でも、一気に襲いかかってきた魔力がしんどかった。

前々世デュポーンが境目を開いた時の数十倍はしんどかった。

数段上を予想してたけど数十段上だった気分だ。

「おっと」

こうしちゃいられない、と、俺は「スペースデブリ」が崩壊してできた魔力に「食いついた」。

ものすごく消化に悪い、胃もたれする食べ物にかぶりつくイメージだ。

停止する時間のなか、それにかぶりつく。

そして――。

「……ほう」

「あら、何をしたの?」

時間が動き出すと、ラードーンとデュポーンは「何かあった」事に気づいて、聞いてきた。

「【タイムストップ】で時間を止めた」

「時間を?」

「そう。【タイムストップ】、魔力が最高の状態でも三秒くらいしか止められないけど、消化した側から【タイムストップ】に回してたら黒字だったんだ」

「そうやって停止した時間のなかで食い尽くしたというわけじゃな」

「ああ」

「すごいわね」

デュポーンは素直に感心した様子だ。

俺は向こうの星空を見た。

【タイムストップ】を使っても差し引きかなりの黒字だったから、もう一つ二つ、食っておきたいなと思ったのだった。

.220

リアムはデュポーンが開いた次元の裂け目を食い入るように見つめ続けていた。

全神経を集中させている、と言っても過言ではないくらい、真剣に見つめ続けていた。

その視線の先に、次元の向こうの宇宙では輪っかのついた星が存在感をこれでもかとアピールしていたが、リアムの視線、焦点はそこに向けられていない。

まったく眼中に入っていない、という様子だ。

その仕草に、デュポーンは不思議がって、声をかけようとした。

「ねえ、何を――」

「やめておけ」

「はい？　何、お前に指図されるいわれはないんだけど」

「わしのためではない、小僧のためじゃ」

「むっ」

制止したラードーンに、半ば脊髄反射で食ってかかったデュポーン。

その一瞬に、常人であれば気を失いかねないほどの殺意と威圧感が放たれた。

三竜は元来水と油、リアムの下で一時停戦しているに過ぎないという事を強く主張したようなワンシーンになった。

リアムのため、という言葉にデュポーンは引き下がったが、それでも言い出したのがラードーンという事で、彼女は更に食ってかかった。

「彼の為ってどういう事？」

「わしもそれほど良くは知らぬのじゃが、どうやら小僧、こういう時は魔法の事を考えておるようじゃ」

「魔法の事？」

「そうじゃ。おそらくは――これをどうすれば再現できるのか、と考えている所じゃろうな」

「だったらこっちに聞けばいいじゃないの」

「そうせずに自力で探求する。そうしてきたから今のわしが気に入ったのじゃろう」

「……そう」

ラードーンの言葉に、デュポーンは一呼吸間を開けたあと、納得したような表情をした。

一生懸命な人間は見守る。

このあたり、彼女とラードーンにさほどの違いはない。

「い、いそれをどこまで再現できるのかは気になる、放っておいてやれ」

「あんたに言われるまでもないわ」

「それはいいけど、本来の目的を忘れてるんじゃないの？」

「忘れておるじゃろうな」

ラードーンが楽しげに言い、ピュトーンは少しだけ呆れた。

「今のあんたが好きそうな子」

「うむ。じゃから見守ってやれ」

「だから命令しないで。それはいいけど」

デュポーンはそう言い、リアムを見た。

「本来の目的を忘れてたらだめじゃないの」

「何も問題はあるまい。人間の国の一つや二つ、ここにいる四人誰でもおつりはこよう」

「【ドラゴンスレイヤー】の事を忘れてない？」

ドラゴンを殺す魔法を実体験した前々世のデュポーンが半ば呆れ顔で言った。

「なんだ？　あのようなもの、二度も喰らうつもりなのか？」

ラードーンは逆に、からかうような表情と口調で切り返した。

「そんなわけないでしょ！　あんなものしってたらくらわないわよ」

「そのとおりじゃ。わしらが互いに使えば切り札にもなろうが人間ではな。猛毒のナイフを持ったアリンコを怖がる人間がいないのと同じじゃ」

ラードーンは一呼吸開けて、尋ねるように言った。

「あの国を滅ぼし、【ドラゴンスレイヤー】解除の方法を聞き出す。お主らはどれくらいかかる？」

「一日ね」

「まあそんなもんね」

前世と前々世のデュポーンはそう言い、頷き合った。

「知ってる人間の目星をつけられたら一時間ね」

前世のピュトーンはそう言って、ラードーンは「ほう」と面白そうに首をかしげた。

「何をどうすれば一時間という計算になるのじゃ？」

「そいつにようは拷問でしょ。連れ回して、質問に答えない度に街一つ消していったらそのうち喋《しゃべ》るでしょ」

「ふむ、人間はその手の罪悪感には耐性がないじゃろうな」

「あんたはどうなのよ」

「わしか？　わしは……そうじゃな、三日あるのじゃから、子らを走らせてじわじわしめあげるとしようか」

「なんでよ」

「人間は虚言を弄《ろう》す、三つ目くらいの自白までは偽りであるとまず決めつける」

「へえ、まっ、それはそれで正しいかもね」

魔法の事以外目に入らないリアムに対し、四人のドラゴンは実に悠長な感じで喋っていた。

そもそもが余裕ありありなのだ、この四人は。

三竜は「新生」をするため、たとえ現在の三人が死ぬような事になったとしても、それを嘆いたり悲しんだりしない。

それに加えて本人達が言うように、手段さえ選ばなければ最短一時間で問題を解決できる力を持っている。

その余裕がこの軽口、そしてリアムに「服従した」というパフォーマンスの軍服に表れている。

「で？」

前世のデュポーンがラードーンに聞く。

「うむ？」

「放っておくのはいいけど、最悪あんたが全部やるの？　私はそこまではやらないよ」

「わしもそこまではやるつもりはないのじゃ。楽しいから参画はするが生者の事は最終的に生者がなすべきじゃ」

ラードーンの答えに、他の三人は口にこそ出さないが、表情で「同感」と示した。

「じゃあどうするの？」

「生者を嗾《けしか》ければよろしい」

ラードーンはそう言い、手をまっすぐ空に向かって突き上げた。

瞬間、頭上少しの高さに三つの魔法陣が作られた。

魔法陣は一瞬まばゆく光った直後、その魔法陣から人の姿をしたものが三人、湧き出るようにし

て現われた。

エルフのレイナ、人狼のクリス、そしてギガースのガイ。

リアムに付き従っている魔物のうち、三幹部と呼ばれる者達。

「な、何ここ！」

「むっ、あれは主」

「……何かご用でございますか、ラードーン様」

三人のうち、クリスとガイはいきなり召喚された事、リアムの前に呼び出された事に驚いていたが、もっとも冷静なレイナは瞬時にまわりの状況を把握し、前世のラードーンに伺いを立てた。

「見てのとおり、小僧が魔法の探求にはいった」

「そのようでございますね」

「その間お主らが働け。そうじゃな、街の一つや二つでも滅ぼしてこい」

「……それはご主人様のご意志ですか？」

「いいや。だが目的には繋がる」

「……そうですか」

レイナは真意を探るような眼差しでラードーンを真っ直ぐ見つめ、ひとまずは納得した、という様子で頷いた。

レイナはそうだが、クリスとガイはすぐには引き下がらなかった。

「ちょっと、なんであんたが命令してんのよ」

「そうでござる、神竜殿は主も敬意をはらっているのでござるが、拙者達はあくまで主の僕」

「そうよ！　あんたに命令される筋合いはないわよ」

反発するクリスとガイだった。

それをレイナは止めに入らなかった。直接反発こそしていないが、止めに入らないのは彼女なりの反抗の仕方だろう。

前世のラードーンは心の中でため息をつきつつ、ふっ、と笑みをこぼして、更に言った。

「これは提案じゃ」

「提案？」

「そうじゃ。小僧が魔法の探求に専念できるよう、お主らが俗事を全て引き受ける」

「……俗事の全て」

ラードーンの言葉に反応したのは、意外にもレイナであった。

彼女は頷き、ラードーンの言葉を受け入れた。

「承知致しました、お任せください」

「何！　よいのでござるか？」

「そうよ、いくら何でもご主人様じゃない命令をさ」

「ご主人様が魔法に没頭しているのは見ての通りです」

「そりゃ……まあいつも通りだけど」

「うむ、この主だからこそ我らも従っているのでござる」

「なら、そんなご主人様が専念できるように我々が俗事——雑事の全てを引き受ける。誰の命令か関係なくやりがいのある仕事だとは思いませんか？」

「……確かに！」

「うむ、そう言われればその通りでござるな！」

クリスとガイ、単純な二人はあっという間にレイナに説得された。

その説得をしたレイナはラードーンに振り向いた。

「街を滅ぼしていけば良いのですね？」

「できれば流布もやって置けば小僧の目的に更に近づく」

「何をでしょう？」

「自分達は前座、こんな自分達が束になってもわが王にはかなわない、と」

「お安いご用です」

「そんなのあたりまえじゃん」

「それがイノシシ女の限界でござるな。拙者達が知っているだけでは意味がない、それを人間に教えてやるという事でござる。体にな」

「むっ、分かってるよそんな事！」

クリスとガイはいつものように少しばかりのいがみ合いをしたが、ラードーンのオーダーは理解したようだ。

三幹部が全てを理解した所で、ラードーンは再び手をかざした。

今度は三幹部の頭上に魔法陣ができて、その魔法陣がすっと降りてきて、三人を飲み込むように元の場所に送り返していった。

三人がいなくなったあと、ピュトーンが呆れ顔で言った。

「本当、真綿でじわじわしめあげるの好きよね、あんた」

ピュトーンの言葉に、ラードーンはフッと笑って、肩をすくめて答えた。

このやり取りの間も、リアムはずっと、時にはぶつぶつ何か言いながら、魔法の事を考えていた。

そこからしばらくして、三幹部が率いる魔王不在の魔物軍は、圧倒的な力で街を一つ蹂躙《じゅうりん》し、滅ぼしたのだった。

.221

俺はじっと世界の境目を見つめた。

デュポーンがやった事が、魔力の残滓《ざんし》として残っていたから、それを感じられる様に、じっと集中して見つめた。

最近は魔法の事になると、あえて相手に聞かない事が多くなった。

聞いても理解できないというわけじゃない。

この「リアム・ハミルトン」になってから、大好きで憧《あこが》れだった魔法の事がよく分かるようになった。

理解度がすごく高まったんだ。

ちょっとした説明を聞けば理解できるようになったし、そこからどうすれば再現できるのかも分かるようになった。

だけど最近、気づいた事がもう一つある。

魔法が使われた現場だったら、言葉で説明されるより、魔法を使った痕跡に意識を集中させた方がより理解度が深まるって事に気づいた。

言葉で説明されたら八～九割理解できてたのが、魔法の痕跡だったら一〇割理解できる、って感じだ。

今みたいに使いたてほやほやの魔法だったらなおさら現場を見た方がいい。

前にそれを、ラードーンに話したら――

『レシピよりも、料理を自分の舌で味わった方が再現できる料理人もいる。その類《たぐい》だ』

と言われた。

なるほどと思った。

俺には理解できない感覚だが、世間では「目で盗む」「舌で盗む」という言いかたがある事自体は知っている。

なるほどそういう物なんだなと思った。

ラードーンのお墨付きもあり、俺自身その方が理解が深まるという感覚もあって。

デュポーンにはあえて聞かずに、魔力の痕跡、残滓だけを感じ取っていた。

「……ふむ」

しばらく見つめていると、何となく分かってきた。

そしてやっぱりデュポーンはすごいと思った。

こんなすごい魔法をあんな造作もなくやってのけたのはやっぱりすごいなと思った。

こんなすごい魔法、俺にできるのだろうか。

分からない、失敗する可能性の方がきっと大きい。

でも、したい。

大好きな魔法だ。

それを試せるんだ。

だったら、失敗の可能性が高かったとしても、それをやりたい。

俺は魔法を見て、感じた事を頭の中で一度まとめた。

かなりの無茶になる、それなりの事をしなきゃいけない。

だから――

「アメリア・エミリア・クラウディア。六一、六七、七一――」

魔力を絞った。

腹の底から絞って、何かの器の底まで全て掻《か》き出すようなイメージで、自分の中身をとにかく絞った。

「七三……七九………」

向こうの世界から飛んできたもの、それを【タイムストップ】で消化して自分の中に溜めた魔力も搾り出した。

「八三…………………八、じゅ――」

必死に絞った。

これでいけるか？　この数でマスターまでいけるか？

もう少しほしい、でももう無理だ。

既に限界を超えている。

限界を超えて、消化したばかりの余分な魔力さえもつぎ込んで、限界の更に向こうまで足を踏み込んでいる。

気を抜くとはじけ飛んで、何もかもが吹っ飛びそうな、そんな限界ぎりぎり。

この状況でやってみるしかない。

そう思った――その時だった。

「――っ！」

開いた空間、向こう側の世界。

デュポーンが宇宙と呼んだ空間からものすごい勢いで何かが飛んできた。

巨大な、見た事もないような何かだった。

金属的な外見で、青白く光を反射する長方形の翼めいた物をつけている。

人造物なんだろうとは思うが、それがなんなのか分からない代物だった。

それがさっきの物よりも大きく、さっきの物よりも速い速度で飛んできた。

「まずっ――」

俺は避けようとした。

あの速度にあの大きさ、ぶつかったらケガどころじゃすまない。

当たったら体の半分がもがれるどころか、完全に肉片になって消し飛んでしまいそうな。

そんな大きさと速さだった。

だから避けようとした。

瞬間、脳裏に白い雷が突き抜けていく。

デュポーンの言葉が、言葉にならないひらめきとなって頭を突き抜けていく。

「リバース!」

それまで練り上げた魔力を全部止めて、腹の底に一度押し込んだ。

全魔力よりも更に大きな魔力を一気に体の中に押し戻した、それで体が無事なわけがなかった。

血を吐きそうになった、のど元までせり上がってきた。

「――がはっ!」

たまらず吐き出した、それほどのダメージを負った。

が。

「【タイムストップ】」

吐いた血をそのままにして、口角も拭わずに続けた。
一度戻した魔力を使って、また時間を止めた。
向こうの世界の人工物が境目を越えた所で時間を止めた。
『人工物の方が強いエネルギー——魔力になるのよ』
デュポーンはそう言った、そしてそれは正しかった。
今までに感じた事のないような高純度な魔力を感じた。
【タイムストップ】で止めた時間の中で、それを取り込み、消化する。
全部取り込んだ瞬間、俺は未だかつてない、膨大な魔力を手に入れた。
一時的なものだ、それは間違いない。
でも、それでいい。
時が——動き出す。
「アメリア・エミリア・クラウディア——一〇一連!!」
魔力を全て注ぎ込んで、新しい扉を無理矢理こじ開けていった。

.222

「ぐぐぐ……うわっ!!」

力が弾ける。

無理矢理こじ開けようとした扉が、開ききる前に反発して、それまでに注いだ力を俺ごと弾き飛ばした。

一〇一連を同時に発動させられるほどの魔力が一気に俺を襲って、俺は数十メートル吹き飛ばされて、地面にめり込むほど叩きつけられた。

「いっっったぁ……」

失敗がそのままダメージになって、俺の身に降りかかってきた。

一瞬、回復魔法を自分にかけようとも思ったが、魔力の無駄使いはやめる事にした。

俺は立ち上がって、今の失敗を振り返る。

感じた事はいたってシンプル。

バネが強い上に、複雑な仕掛けがある。

かなり力を入れないといけない上に、精密な操作も要求される。

力強さと精密さ、その両方を要求されて、失敗したもんだからバネが弾いて自分の指を挟んだ
――そんな感じだ。

俺は残った魔力で飛び上がって、空いた次元の穴の所に戻ってきた。

軍服姿のドラゴンたちはそこにいたまま何も言わなかった。

俺は一度ラードーンの方を見た。

目が合った、ラードーンは何も言わなくて、「ふっ」とだけ笑った。

それが「お墨付き」のように思えた。

魔法の事は分かる。

俺がやった事は間違いではない——少なくとも方向性は。

あとは回数の問題だけだ。

一〇一連で一気に魔法を覚えてしまおうとしたが、一〇一回では回数が足りなかっただけで、方向性自体は間違っていない。

そう思って、念の為に前世のラードーンに視線で確認して、ラードーンは「問題ない」と言わんばかりの笑顔を返してくれた。

だから俺は続けた。

残った魔力をかき集めて、再チャレンジした。

何回か繰り返したあと、デュポーンが開いたのとは違う、小さな次元の穴が開いた。

「すごいわね」

デュポーンが感心した様子で言った。

「人間なのに【アナザーディメンション】を覚えたのって史上初なんじゃないの?」

「【アナザーディメンション】っていうんだ。うん、ディメンションって名前がつく魔法はいくつか覚えてるから、それで体が何となく分かってるのかも知れない」

「にしたってねえ」

「でも覚えて良かった」

「これで魔力が使い放題じゃな」

「うん、これで四人を維持していられる。今回の事が終わった後も」

「「「「…………」」」」

俺が言うと、目の前の四人――過去のドラゴンたちはそろってきょとんとなってしまった。

「あれ？　どうしたんだ？　俺何か変な事を言った？」

俺は自分の言葉を振り返った。

「あんた達の維持にかなりの魔力がいる、【アナザーディメンション】で向こうから魔力を引き出せれば維持できる……間違ってたか？」

「魔法の理屈という話なら間違ってはいないのじゃ」

「だよな」

ラードーンに言われて、俺は少しホッとした。

魔法の事は分かる――って最近は思うようになったけど、それは逆に言えば魔法の事で勘違いしたら他の事以上に恥ずかしいって感じちゃう、って事でもある。

そうじゃなくて良かったとホッとした。

「そうじゃないんなら……何？」

「わしらのためにそれをやっていたのに驚いたのじゃ。のう？」

「そんな事を考えてたんなんてね」

「その口ぶりからして、私達を戦力として見てるわけでもなさそうなのが驚きに拍車をかけたのよ」

「はあ……なるほど？」

何となく言いたい事は分かったけど、それってそんなに驚く事なのかなと不思議に思った。

不思議に思っている間も、俺が開いた次元の扉の向こうから何かが飛んできた。

今度はただの岩で、隕石《いんせき》のようだった。

人工物じゃないからさほどの魔力にはならなかったが——体に取り込んで、ラードーン達の維持に回した。

早速思った通りの事ができた。

この【アナザーディメンション】なら維持できる——と実際に実証して見せた。

ラードーン達四人をこの先も維持していられる——魔法でそれができる。

新しい魔法で目の前の障害を取り除いた事が俺に大きな達成感を与えてくれた。

これができるのなら。

これほどの障害も乗り越えられたのなら、現在のラードーン達三人もきっと助けられる。

魔法ならそれができる。

達成感とともに、確信の伴った自信も得られた。

「小僧よ、一つ提案があるのじゃが」

「提案？」

「そうじゃ。人間どもをより大きな絶望に陥れて、【ドラゴンスレイヤー】の解除を引き出す方法じゃ」

「俺は何をすればいいの?」

「話はかんたんじゃ、今お前の配下の魔物どもに人間の街を襲わせている」

「そうなんだ」

「そいつらをそこその所で引き上げさせて、小僧がその後を引き継ぐ」

「俺が人間の街を襲えばいいの?」

「いいや、とある魔法を開発し、それを向こうの全国民相手に放つ。それだけじゃ」

「とある魔法って?」

そんないい物があるのかな、そう思い不思議そうに聞き返すと、ラードーンはふっ、といたずらっぽく笑った。

「【ヒューマンスレイヤー】」

「分かった」

俺は二つ返事で承諾した。

魔法そのものをできるかできないかと言われれば問題なくできる。

要するに人間だけに特効性を持つ魔法の事だ。

魔法自体は簡単だし、全国民相手に放つのも異次元の魔力で詠唱すれば問題なくいける。

持続じゃない瞬発的なもので良さげだから、街の都市魔法も応用できる。

できるから、即答した。

「疑問はもたぬのじゃな」

「あるけど、魔法以外の事はラードーンの言う事は無条件に聞くようにしてる」

「……」

ラードーンはポカーンとなった、その少し後ろでデュポーンが。

「殺し文句ね」

と、複雑そうな顔でつぶやいていたのだった。

.223

「殺し文句？」

俺は首をかしげて、デュポーンの方を見た。

どういう意味なんだろうかと不思議に思った。

「気にしないでいいのよ。それより【ヒューマンスレイヤー】を作りなさい。切羽詰まってはいないけど、そんなに時間があるわけでもないのだから」

「うん、それならもうできてるよ」

「「「「え？」」」」

四人が同時に俺を凝視した。

デュポーンの二人、そしてラードーンにピュトーン。

前世の彼女達はまったく性格も違うし普段からの会話の特徴とかも違うけど、何故かぴったりと、同じ反応を返してきた。

「できたとはどういう事なのじゃ？」

ラードーンが聞いてきた。

俺は戸惑った、今の言葉で伝わらない事ってあるのか？　と一周回ってちょっと不安になってしまう。

「どういう事って、できたは……できた、だけど？」

「【ヒューマンスレイヤー】ができたというのか？」

「ああ」

「……今の一瞬で？」

「もとから覚えてたとかではなくて？」

デュポーンも聞いてきた。

俺は頷いて返した。

「うん、今作った。なんかまずかったのか？」

きょとん半分、不安半分。

彼女達の反応と質問でそんな気持ちになってしまった。

「まずい事はないが――あっさり言うのじゃな」

「そんなに簡単な話でもないでしょ？」

「いやだって……俺人間だし、自分の体は人間だから、何をどうすればいいのか分かるし。【ヒューマンスレイヤー】は一番作り方簡単だよ？」

言いながら、自分の頭の中でもその理屈を検証する。

彼女達に驚かれたから検証してみた。

俺は人間、どの生物の事よりも人間の事が分かる、体感できる。

あらゆるスレイヤーの中で、【ヒューマンスレイヤー】は一番作りやすい。

……うん、やっぱり理屈では何も間違ってない。

改めて意識して検証してみた結果、自分の理屈に少しだけ自信を持てた。

そもそもが魔法の事だし、それは間違いないはずだと思った。

「あっさり言いおる」

「まあ理屈は間違ってないかもしれないけど」

「不思議なものね。この子が面白くて気になる。死んだあとで初めてあなたに共感する事になろうなどと」

「長生きはするものじゃな」

「全員一度死んでるのよね」

ドラゴンたち四人は分かるような、分からないような内容の言葉を交わして、楽しそうに笑い合った。

「えっと……これからどうすればいい？」

笑い合う四人のそれを止めてしまうような形で聞いた。

彼女達なら目的を忘れて楽しみに耽る――なんて事はないだろうけど、この状況でこの四人が笑い合うという不思議な光景に俺はちょっとだけ不安になってしまったのだ。

それで聞くと、四人は一度視線を交わし合って、その視線やジェスチャーでラードーンに「お前がやれ」的な感じになった。

そうして押し出された感じのラードーンが俺に改めて向き直った。

「【ヒューマンスレイヤー】ができたのなら次は実戦投入するだけじゃ」

「そうだよな」

俺は頷き、少しホッとした。

「誰に向かって使えばいい？」

「前提をまず確認するのじゃ。いま喰らっている【ドラゴンスレイヤー】と同じ時限式じゃな？」

「うん、そうした。俺が人間だから、ついでに時間の長さも調整できる様にした」

「上等じゃ。それなら――全員じゃな」

「……全員？」

なんの全員だろうか、と俺は首をかしげた。

「うむ、全員じゃ」

「えっと、どういう『全員』？」

「喧嘩《けんか》を売ってきたのは確か――なんという国だったのじゃ？」

「国の名前？　それはパルタ公国だけど」

「うむ。まあ名前はどうでもよい。その国に住まう人間全員に【ヒューマンスレイヤー】を打ち込むのじゃ」

「なるほど。全員かあ……」

俺は少し考えた。

「なんじゃ、わしの言葉にとうとう疑問を持ち始めたか」

「ああ、いや。そうじゃなくて。ラードーンの言葉は疑わない、魔法以外の事はね」

「なら何を考えておった？」

「えっと、さすがに一つだけ分かる事があって、それは【ドラゴンスレイヤー】にかかってる三人が死んでしまうまでにやらなきゃ、って事なんだろ？」

「当たり前過ぎる前提じゃな」

「その時間内でどうやったらスムーズに公国民全員にかけられるのか、って考えてたんだよ」

「なるほど、そっちを悩んでおったのか」

「だったら問題ないよ」

デュポーンが言った。

「そうね、せっかくこの格好をしている事だし」

「むしろ好都合」

ドラゴンたちはそう言って、全員がうすく笑った。

「どういう事？」

「この格好をしてて、あんたの命令に従うって形にしてるでしょ」

「そういえばそうだった」

「だからわしらにその【ヒューマンスレイヤー】をおしえるのじゃ。わしらなら小僧のように一瞬ではないが一〇分もあれば習得できよう。さらにこの四人が手分けすれば半日で一国すべてにかけられよう」

「……おお」

俺はポン、と手を叩いた。

確かに、彼女達四人が覚えて、手分けすれば半日も入らないだろうと思った。

さらにそれは、魔物の王リアムに臣従している、という形の演出にも丁度いい。

彼女達が纏《まと》っているこの軍服――つまり制服の意味にも合っている。

「じゃあ――【アイテムボックス】」

俺はアイテムボックスを呼び出した。

中から貯蔵しているハイ・ミスリル銀を取り出して、それを使って【ヒューマンスレイヤー】の古代の記憶――つまり魔導書を作った。

作ったものを四人に渡すと、一〇分どころか五分くらいで四人は【ヒューマンスレイヤー】を覚えた。

「うえんじゃな」

「人間を殺害するのにこんな魔法を使う意味ないものね」

「でもそれを楽しんでるでしょ、あんた」

「うむ」

そんなやり取りをする四人は、やはりどこか楽しげに見えた。

「じゃあ行ってくるね？」

「終わったら戻ってくる、それまでに魔力を溜めておくのじゃ」

「分かった」

俺は頷き、四人を送り出した。

軍服を着た四人は空を飛んで、四方に散っていった。

それから一時間もしないうちに四人は戻ってきた——つまり。

パルタ公国の人間全員が、【ヒューマンスレイヤー】にかかって、絶命へのカウントダウンが始まったのだった。

.224

四人を見送ったあと、俺はそのまま待機した。

「ラードーンに待ってる間どうしようかって聞いておけば良かったか」

手持ち無沙汰になって、何をすればいいのか悩んだ。

結果、「魔力はいくらあっても困る物じゃない」と、覚えたばかりの【アナザーディメンション】で次元の壁を開いた。

開いて、向こうから何か《魔力の素》が飛んで来るのを待った。

「……なんか釣りみたいだな」

しばらくぼうっと待っていると、そんな感想が浮かんできた。

セットをして、向こうから来るのを待つ。

向こうから来たらそれを逃さずにしっかりキャッチする。

釣りとかなり似ていた。

だったら釣りのように、エサとか投げ入れる箇所とか、そういう工夫ができないものか、と考え出したその時だった。

『よろしいでしょうか、ご主人様』

何もない所からレイナの声が聞こえてきた。

一瞬戸惑ったが、すぐにレイナがリアムネットの新機能を使って、音声による連絡を取ってきたのだと分かった。

「ああ。何かあったのかレイナ」

『お忙しい所すみません。ただいま進軍しておりましたが、人間側の九割九分が突如昏倒するという事態が発生しました』

「ああ、それならこっちがやった事だ」

なるほど、と俺はうなずいた。

ラードーン達四人が散らばって、【ヒューマンスレイヤー】をかけてくれている。

その効果が出始めたんだ。

その事はレイナ達先遣隊には伝えてなかった事を思い出した。

「悪い、知らせるのを忘れてた。迷惑かかったか？」

『とんでもございません、これにより進軍がスムーズに行きました』

「そうか」

『完全に昏倒しないのは何か意図があっての事でしょうか』

「うん？」

俺は小首をかしげた。

そういえばさっきも、レイナは「九割九分」って言ってたっけ。

全部じゃない……のか？

「全部に効果が発揮するようにしたはずなんだけど、【ヒューマンスレイヤー】は」

『【ヒューマンスレイヤー】……という事は、ご主人様が新たに開発した魔法という事でよろしかったでしょうか』

「ああ、今回の一件の元凶、【ドラゴンスレイヤー】とほぼ同じ効果で、対象が人間に変わっただけの魔法だ」

『であれば――さすがご主人様でございます。二重の意味で』

「二重の意味？」

俺はますます首をかしげた。

「一つは【ヒューマンスレイヤー】を作ったで、もう一つは？」

「はい、いま改めて昏倒しなかった者達を検めさせていただきましたが、いずれも亜人か、亜人とのハーフでございました」

「……ああ！」

言われて、はっとした。

【ヒューマンスレイヤー】は「人間」のみを対象にした魔法。

【ドラゴンスレイヤー】でラードーン、デュポーン、ピュトーンの三人でも倒れてしまったように、【ヒューマンスレイヤー】を喰らってしまうとどんな人間だろうと対抗できない。

だけどそれはあくまで人間相手の話で、極論踏めばつぶれるアリとかに【ヒューマンスレイヤー】をかけても何も起こらない。

それは、ハーフも同じだった。

人間の社会の中に結構数がいる、人間と他種族との間に生まれたハーフたち。

そのもの達には【ヒューマンスレイヤー】は本来の効果を発揮しない。

「うーん、失敗じゃないけど、盲点だったな」

『はい、しかし、これはすごい事だと思います』

「どういう事だレイナ？」

失敗は失敗、これの何がすごいのか分からず、首をかしげて聞き返した。

すると、リアムネットを通してレイナのあの冷静な、しかしどこか興奮しているのが伺える口調の返事が返ってきた。

『改めて精察いたしますが、ご主人様の【ヒューマンスレイヤー】はとてつもない精度で人間とそれ以外を判別できていると感じました』

「……ああ、そうだろうな」

それには―魔法の事だからその事にはちょっと自信がある。

人間相手には聞いて、そうじゃない別種族には聞かなかった。

人間かどうか判別した、という意味ではかなりの精度でやれたと思う。

たぶん――一〇〇％分けられていると思う。

『相手が人間かどうかを判別する魔法としても活用できるかと思いました』

「ああ、なるほど。……ありがとうレイナ」

『はい、なんでしょうか』

「対象を限定して、そうじゃないものを選別する。魔法の幅がめちゃくちゃ広がった」

『お役に立てて光栄でございます』

リアムネットの向こうで、レイナの感動したような言葉が聞こえてきた。

「そういえば、レイナだけなのか？　他のみんなは？」

『ご主人様のリアムネットを利用するため、一度領内に戻って参りました』

「そっか、領内かあらかじめ持たせた媒介がないとだめなんだっけ。兄さんに持たせたもののように」

『はい』

「ふむ……レイナは、どこにいても見られるものって聞かれて、何を連想する？」

『どこにいても……ですか』

「ああ」

『月……でしょうか』

「月？」

『はい。人間達の間では、故郷から離れても変わらない月を見て、遠い故郷に思いをはせて郷愁を紛らわせるのだとか』

「あー……なんか聞いた事あるようなないような」

なるほど、と俺は思った。

「しかし月か。月だと夜しかないんだよな」

『では空はいかがでしょう』

「なるほど、空か」

俺は頷き、空を見上げた。

確かに空はどこにでもある。

一瞬空気というものを考えたが、意識したときに「ある」って認識できるものの方がいいだろうと思った。

だから空にした。

俺は少し考えた。

頭の中で魔法の詳細をまとめた。

「名前は……【スカイリンク】とかかな」

どこにいても、空さえ見えていればリアムネットが使えるようになる。

今までは必要なかったけど、領外に出る事が増えるかも知れないから。

この魔法を、ラードーン達が戻ってくるまで作ってしまおうと思った。

.225

【スカイリンク】実現に向けて、俺はいろいろ考えた。

まず、できる。

できる事はできる、雑に作ろうと思えば数分足らずとできる。

だけど、実際のリアムネットをここしばらく動かして見て分かった事が一つある。

それは、魔物達や人間達は俺ほど魔法に詳しいわけじゃない。

俺が「これでいいだろう」と思ったやり方だと、みんなが分からないとか使えないとか、そういう事が結構ある。

今回は「リアムネットをどこでも使える」というのが目的だから、「どこでも使える」を「誰でも使える」というレベルでやらないといけないと思う。

そのためには、こっちからある程度サポートしてあげた方がいいと思った。

「分かりやすく、それでいてサポートも」

口に出してつぶやいて、考えをまとめる補助にする。

すぐにいい形でまとまった。

「【アイテムボックス】」

魔法を唱えて、備蓄のブラッドソウルとハイ・ミスリルを必要分取り出す。

それを純粋な魔力で、まるで粉挽きするかのように挽きつぶして粉にした。

瞬く間に、両手の手の平の中にブラッドソウルとハイ・ミスリルの粉ができた。

「さあ、いけ！」

両手の粉をぱっ！　と上空に向かって放り投げた。

魔力を帯びた二種類の粉は重力に逆らって天に昇っていく。

俺は目で昇っていく粉を追いかけ続けながら、その「感触」も把握し続けた。

細かい粉はばらまくと、中々地面に落ちないでいつまでも浮かんでいるものだ。

しばらく待ってやっと落ちた――ってなっても、ちょっとした空気の流れでまた舞い上がる。

風じゃなくても、人のちょっとした動きの、その空気の流れで舞い上がる。

それくらいの粉を上空に向かって上昇させ続け、雲と同じくらいの高さまで上げた。

雲と同じように、ブラッドソウルとハイ・ミスリルの粉は上空にとどまったまま、落ちてくる事はなかった。

「【スケッチ】」

簡単な魔法を使った。

子供が遊ぶ砂場でする感じで、空に上げた二種類の粉を使って絵を描いた。

瞬く間に、空に俺の顔ができた。

大きな白い雲の横で、粉が拡散してできた俺の顔がうっすらと見える程度に掲げられていた。

「何をしておるのじゃ？」

「わっ！　ラードーン、戻ってきてたんだ」

いきなり真横から声をかけられてびっくりした。

振り向いた先には、軍服姿の前世ラードーンが不思議そうに空を見上げていた。

「何かの魔法の準備か？」

「ああ、そうだ」

ラードーンは質問に答えずに質問を重ねてきた。

ここにいるんだから「戻ってきてたのか？」の質問に答える必要もないから、俺も馬鹿な質問をしたもんだ、と思ってラードーンの質問に答えた。

「リアムネット――って言って分かるかな。街での生活を便利にする魔法なんだけど、それを離れた所にいても使えるようにしたいんだ」

「なるほど、人間どもがよく使う魔法の杖みたいなものじゃな」

俺は小さく頷いた。

ラードーンの言うとおり、人間の多くの魔法使いはサポートに「魔法の杖」を持っている。

その多くは魔力を上手く練ったり放出したりする素材が使われていて、魔法が効果的に使える様になる。

俺が上空に打ち上げた俺の顔は、魔物達にとっての魔法の杖のようなものだ。

「三一連——【スカイリンク】！」

「簡単なものなのだな」

「もともと存在する魔法の使い方を変えただけだからな」

「宜《むべ》なるかなではあるが、それは違うだろうとも思う。ああ、現世のわしであればすんなりと納得していたのか」

「どういう事？」

「感覚麻痺しているがすごい事をやっているぞ、という話じゃ」

「はあ」

すごい事って言われてもいまいちピンとこなかった。

三一連でできた。

魔法を覚えるのと、魔法を作る時の難易度は基本同じだ。

くり返しやる、いわば反復練習で体に覚えさせていくもんだ。

それを俺が同時詠唱で時間短縮しているだけで、すごい事は何もない。

この【スカイリンク】も三一連程度ですんだから、ますますすごい所はないはず。

「まあよい、今世のわしと違って、まだ小僧の事をよく理解していないという事にしておこう」

「はあ……あっ、それより、なんでラードーンだけ?」

俺はそう言って、まわりを見回した。

俺とラードーン以外誰もいなかった。

デュポーンの二人と、ピュトーン、三人は出かけたまま戻ってきていないようすだ。

「うむ、わしの分担が終わったのでな、先に戻ってきたのじゃ」

「そうなんだ」

「というより、わしの分担領域に権力者が多くいたのでな、そいつらを避けたら早めに終わった」

「権力者を避けた?　なんで?」

「ふっ、やはり考えてなかったか」

ラードーンは鼻を小さく鳴らしてシニカルに笑った。

「なんかだめだったか?」

「いいや?　小僧はそれでよい。考えるのはわしがやってやる。これからもな」

「はあ……」

「説明をするとな、権力者まで一掃しては目的を果たせるのじゃ」

「目的？」

「小僧は何も、向こうを皆殺しにしたいわけではないのじゃろ？」

「もちろんだ」

俺ははっきりと頷いた。

魔法以外の事は今一つ分からない俺でも、今回のやるべき事の目的ははっきりしている。

「パルタ公国を――脅して？【ドラゴンスレイヤー】を解除してもらう」

「その通りじゃ」

ラードーンははっきりと頷いた、そして、いたずらっぽい笑みを浮かべた。

「であれば、責任の取れる権力者まで【ヒューマンスレイヤー】にかけてしまっては解除の命令を出すものもいなくなるじゃろ？」

「……おお！」

俺はポン、と手を叩いた。

確かにそうだと、言われてはっとした。

「焦りもせず、のんびりと魔法開発してるから『わしら』の事など忘れたのだと思っていたのじゃ」

「それは大丈夫」

俺は真顔でラードーンを見つめ返し、言った。

「何かをするタイミングはラードーン達が考えてるっぽかったから、余計な口を挟まなくていいって思ったんだ」

「ほんとうか？」

「ああ」

俺はもう一度はっきり頷いた、そして今までで一番真顔でラードーンを見つめる。

「魔法で俺が何かをする場面がもう一度ある。ラードーンならそうすると思ってるから」

「……天然とはかくも恐ろしいものじゃな」

「へ？」

「その考えは正しいという意味じゃ」

「そうか、良かった」

「では仕上げと行こうか」

「ああ」

俺は三度ラードーンを見つめる。

この国で一番魔力の高い俺を、一番上手く使ってくれるであろうラードーンの指示を仰ぐために、
彼女をまっすぐ見つめた。

.226

「俺は何をすればいいんだ？」

ラードーンを見つめ返して、ストレートに聞いた。

「うむ。まずは前提から話してやろう。【ドラゴンスレイヤー】によって残された時間は約二日。これはどういう事か分かるか？」

「えっと……早くしないといけないって事か？」

「逆じゃ」

ラードーンはにやりと笑った。

「二日以内——そうじゃな、例えば一日半までを下準備に使っても問題ないというわけじゃ。最後に解除できればいいのじゃからな」

「なるほど。確かに【ドラゴンスレイヤー】のあの感じだとギリギリで解除しても後遺症とかはなさそうだったし」

「相変わらず魔法の事になると察しが早い。つまりじゃ、これから約一日半、料理の下ごしらえの如く、直接関係なさそう事をやってもらうのじゃ」

「ああ、分かった」

俺ははっきりと頷いた。

「なんでも言ってくれ。ラードーンの指示には従うようにしてるから」

「ふっ……ではまず、一日半の内、一日くらいかけて、公国領の全ての街、村を一周してくるのじゃ。一人でな」

「一周？」

「国王として戦況の確認じゃな」

「なるほど」

「回って、見てくるだけで良い、まだ何も必要はない」

「何もしなくてもいいのか？」

「うむ。ああ、魔物どもから何かしてほしいとか言われたらしてやってもいいし、討ち漏らした残党に襲われたら反撃してよい。ただし手心は加えるな、確実に殲滅《せんめつ》しろ」

「ああ、分かった。その後は？」

「まずはそれじゃ。小僧は腹芸、得意ではなかろう？」

「うん、まあ……」

俺は頭を掻いて、苦笑いした。

得意か得意じゃないかって言われれば得意じゃないと言うしかない。

「じゃから教えぬ。まずは『魔王が丸一日のんきに見て回ってる』という事実がほしいのじゃ」

「分かった。じゃあ行ってくる」

俺はそう言い、ラードーンに見送られながら、飛行魔法で空を飛んだ。

【スカイリンク】経由でリアムネットを使って、しまい込んでるパルタ公国の地図を引っ張り出して、一番近くの街に向かって飛んでいった。

☆

「ガイ」

「むぅ？　これは主！　どうされたでござるか？」

順番通りに回り始めてからの三つ目の街、ミクシムという名前の街。

飛んできたその街は、空中からガイ達ギガースの姿が見えたから、俺はガイの真後ろに着地して、彼に声をかけた。

いきなり背後から声をかけられてびっくりしたガイだが、俺だって分かると嬉しそうに駆け寄ってきた。

「戦況視察、かな。ラードーンに言われて見て回ってる」

「さようでござったか。ここはもう少しで完全に制圧できるでござる」

「まだだったのか？」

「土地柄、獣人が多い街のようでござる」

「ああ、【ヒューマンスレイヤー】が効かない相手が多いのか。大丈夫なのか？」

「無論。イノシシ女の更に劣化版など拙者達の相手ではないでござる」

「そうか」

俺はそう言い、頷いた。

クリス達はウェアウルフから人狼に進化した魔物達だ。

それと獣人は何が違うのが分からないけど、ガイがこう話す以上戦況は問題ないだろう。

「何か手伝ってほしい事とかある？」

「かたじけないでござる。であれば、むしろ手を出さないでほしいでござる」

「むしろ？　なんで」

「拙者は怒っているでござる」

ガイはそう言い、言葉通り怒りの形相を浮かべた。

怒りの矛先、怒気は明後日の方角に向けられているが、怒りの顔は真っ正面の俺に向けられていてよく見えた。

「この程度の脆弱さで主に歯向かって、あまつさえあの手この手で嫌がらせを仕掛けてくるなど言語道断でござる」

「まあ……」

あの手この手での嫌がらせ、という感覚はよく分かる。

俺が約束の地に入ってから、まわりの三カ国は仲良くしたいのか敵になりたいのかよく分からないような、態度をコロコロ変えて色々やってきてる。

正直、うっとうしいっていうのは俺もちょっとは感じていた所だ。

「人間どもは主が出るまでもない、拙者達で片が付くというのを見せつけてやるのでござる」

「そうか。じゃあ何もしない。頑張れ」

「かたじけのうござる！」

ガイはそう言い、ペコリと頭を下げた。

俺が「頑張れ」って言った直後、全身から力がみなぎって、体が一回り大きく膨らんだように見えた。

ものすごくやる気が出てるその姿は、同時にものすごく頼もしく見えたのだった。

☆

俺はラードーンの指示通り、丸一日かけてパルタ公国のあっちこっちの街を回った。

見てきた街は大まかに二つのパターンに分けられた。

一つ目は、ガイ・クリス・レイナ三幹部が率いる部隊が襲った町。

ガイと同じように、クリスもレイナも怒り心頭に発しているから、人間側の死傷者もかなり多く、街もひどい所は半壊していた。

その次はドラゴン達が【ヒューマンスレイヤー】をかけて回った街。

こっちは街の建造物は全くの無傷で、人間が至る所に転がって意識を失っている。

街の被害が「ゼロ」で、人間が例外なく昏睡しているという通常あり得ない状況から、逆に半壊した所以上に『死』の匂いが濃く漂っていた。

そうして回り続けて、地図に載っている最後の街、フェスクという街にやってきた。

いつものように、不気味な静けさが漂う街の上空から、見回りがしやすいように中心にある広場に着陸するや否や――。

「むっ」

罠《わな》があった。

足をからめ取るかのように着陸して地面に触れた瞬間、そこを中心に魔法陣が広がった。

「戦略級の魔法陣か。拘束と封印両方同時にかけるタイプか」

喰らった瞬間、自分の体にかかる魔法と魔力から、その魔法の詳細を分析した。

かなり大がかりな罠、人と時間と、たぶんお金がかかっているんだろうなと思った。

「かかったな、魔王め」

「え？」

声がしたので、そっちを向いた。

物陰から三人組の男の姿が見えた。

一人はロングソードに鎧姿の、イケメン風の青年だ。

魔力は感じられないから、魔法が一切使えない純粋な戦士型の人間だろうと思った。

もう一人はローブを纏い、メガネをかけた優男だった。

こっちは一目で分かる強大な魔力を持っている、かなりやり手の魔法使いだと感じた。

最後の一人は法衣を纏った、ガイに匹敵するくらい筋骨隆々な中年男だ。

筋骨隆々でありながら、こっちは服の下から不思議な魔力が漏れている。

初めて感じるタイプの魔力、その魔力で何ができるのか、それがちょっと気になってしまった。

三人はゆっくりと、真剣な顔をしたまま俺に向かってきた。

「余裕を見せびらかすからそうなるのだ、魔王！」

「余裕を見せびらかす？」

そんなつもりなんてないけど——いや、あった。

あったよ、それ。

俺はラードーンの指示通り、一日を無駄に感じるように使ってる。

それが余裕を見せつけてるって事になったんだ。

「しかし、このような少年がまさかな」

「見た目に惑わされてはいけない」

「分かってる。俺達のこの一撃に国の人々の未来がかかっている」

「やるぞ、アレス」

「ああっ！」

真っ正面の剣士が長剣を抜いた。

抜き放った長剣を両手で持って、頭上高く天に向かって突き上げた。

何をするつもりだ？　と思ったけどすぐに納得した。

男の二人がそれぞれ詠唱を始めた。

優男の詠唱で空に雨雲が急激に集まり、魔力の伴った雷鳴が轟《とどろ》く。

その雷が落ちて、男が突き上げた剣に落ちて、まとわりついた。

法衣を纏った男の詠唱は、対照的に地中から力を引っ張り出して、これまた剣士が持つ剣に集まっていった。

剣士が突き上げた長剣に集まった二つの力は反発しながらも凝縮されていき、やがて、はっきりと目で見えるほどの物質化を果たした。

天に突き上げられた剣は、建物にして実に三階の天井に届くほどの、巨大な刃になった。

「覚悟しろ、魔王。でやあああああ！」

その巨大な刃を、青年は裂帛《れっぱく》の気合とともに振り下ろした。

なるほど戦略級魔法陣で足止めして、詳細は分からないけど天と地の力を凝縮させた武器で一撃必殺を試みる――ってわけか。

向こうがやる事はよく分かった。

同時に、俺もやる事は忘れていなかった。

『討ち漏らした残党に襲われたら反撃してよい。ただし手心は加えるな、確実に殲滅しろ』

ラードーンの言葉が脳裏によみがえる。


「アメリア・エミリア・クラウディア」

まずは詠唱して、魔力を高める。

そしてターン！　と地面を踏みしめて、魔法陣を砕いた。

「何っ！」

高まった魔力のまま、男が振り下ろしてきた刃に向かって手を突き出す。

「【アブソリュート・フォース・シールド】、【アブソリュート・マジック・シールド】」

刃と二つの盾はぶつかり合って――両方砕け散った。

「やっぱり二種類の属性を同時に持ってたか」

「……ばかな」

納得する俺と、驚愕《きょうがく》する男達。

両方の反応は、傍から見て実に対照的なものになったのだった。

.227

男達を倒したあと、空を見上げた。

「そろそろかな」

時間を確認する。

多分だけど、ラードーンから言われた「のんきに一日見て回った」の一日が過ぎた頃だと思った。

一度ラードーンに連絡をとってみようと思った。

【スカイリンク】経由で、リアムネットを使って、ラードーンとの音声をつなげた。

「ラードーン？　聞こえる」

『うむ、聞こえておるぞ』

「街は全部見て回ったけど、時間の方はどうかな？」

『その前に小僧よ、そろそろ人間どもに襲われる頃じゃと思うがどうなのか？』

「……」

『小僧？』

「ああごめん、驚いただけだ」

そう、驚いただけだ。

俺は襲われた事にびっくりしたけど、ラードーンはそれも全部予見してたみたいだ。

「すごいなラードーン、これも予想してたんだ」

『予想というほどの事ではない。選択肢を狭めていって、おのずとそうしかできないように仕向けただけじゃ』

「えっと……それって……」

もっと難しい事なんじゃ？　って思った。

予想というより操ったって事だよな。

いやまあ俺も魔法でなら相手を操る事ができるかも知れないけど、ラードーンが言ってるそれは魔法じゃないよな。

魔法じゃないのに魔法のような鮮やかな手口。

ラードーンはやっぱりすごいなと改めて思った。

『では次の段階じゃ』

「分かった」

俺は頷いて応じ、ラードーンが「ひとまず合流じゃ」と言ったので、彼女の所に飛んでいく事にした。

☆

街の上に、俺とラードーン、そしてデュポーン・ピュトーンの五人が集まっていた。

ドラゴンたちは人間の姿、軍服姿で、その服をなびかせながら飛んでいる。

「えっと……ここは？」

「この真下が元凶の住み家じゃ」

「元凶？」

俺は真下を向いた。

そこは魔物の街にある俺の屋敷よりも一回り大きくて、作りも豪華な屋敷だ。

「元凶って、誰？」

「大公様とやらの屋敷じゃ」

「ちなみにいまそいつ一人だけだけどね。全員【ヒューマンスレイヤー】で黙らせた」

デュポーンは横から会話に入ってきて、楽しげに言った。

「そっか、そうだよな。大公が今回の元凶だもんな」

「うむ、今から仕上げに入る——がその前に」

「その前に？」

「手札の確認じゃ。今のままでもよいが、【ヒューマンスレイヤー】を改良できれば言う事はない」

「改良？　たぶんできると思うけど、何をどうするの？」

「倒れた我ら三人の姿を思い出してみよ。【ドラゴンスレイヤー】と小僧の【ヒューマンスレイヤー】の一番の違いはなんだと思う？」

「えっと……」

俺は記憶を探った。

何が違う、と言われても今一つピンと来なかった。

「そう思ってのう、今のわしらの姿を収めさせてきた。リアムネットと言ったか？　それで確認してみるのじゃ」

「あ、うん」

俺は言われたままリアムネットにつなげた。

【スカイリンク】のおかげで、大公の屋敷の真上――敵国まっただ中でもリアムネットが使えた。

スラルンからの連絡があったので、それを開いてみた。

すると、倒れている今のラードーンら三人と、スラルンスラポンが一緒に映っている絵が出てきた。

「ああっ！」

記憶ではピンとこなかったけど、見た瞬間すぐに分かった。

【ドラゴンスレイヤー】と俺の【ヒューマンスレイヤー】の最大の違い、それはかかった相手の近くにガイコツが砂時計を持って現われているかいないかの点だった。

「これがないじゃろ？」

「あ、ああ。別にいらないかなと思って」

「小僧ならそうであろう。今からでもつけられるか？」

「できるけど、新しい魔法になるから、今かけてる分は変わらないぞ？」

「問題ないのじゃ」

「そうそう、下にいる相手に見せるためにかけ直せればいいだけだから」

「……大公を脅すため？」

「そういう事」

俺はなるほどと頷いた。

だったらと、四人から古代の指輪を返してもらって、それを新しい【ヒューマンスレイヤー】に作り替えた。

新ヒューマンスレイヤーとか、ヒューマンスレイヤー2とかにしようと思ったけど、本で読む限り現存してる魔法も、昔の人が作って改良を何回も加えて今の形になったってあった。

それで名前にそういうのがなかったから、【ヒューマンスレイヤー】も改良したけど【ヒューマンスレイヤー】のままでいいと思った。

ラードーンの注文通り、【ヒューマンスレイヤー】に改良を加えたのを、もう一度古代の記憶として作り直した。

それを四人分作り直して、四人に手渡す。

「これでいいと思う」

「ふむ、一度確認してみた方がよいかもしれんのう」

「だったら俺にかければいい」

「ほ？」

「え？　いいの？」

ラードーン達は驚いた。

四人揃ってびっくりして、見開いた目で俺を見つめてきた。

「ここに人間は俺しかいないし、それに」

「それに、なんじゃ？」

「【ヒューマンスレイヤー】はすぐに解除すれば害は一切ないから何も問題ない」

「「「「……」」」」

四人は一瞬きょとんとしたあと、まるで示し合わせたかのように一斉に大笑いしだした。

「な、なんだ？」

「くくく、案外【ヒューマンスレイヤー】は小僧に効かぬのかもしれんな」

「え？」

「その考え方、人間とちょっと違うもんね」

「えっと……」

「頭で分かっていても実際にそう言える、そうできるのはいないわね」

ドラゴンたちは俺を囲んで、何やら楽しげに、よく分からない事を言い合っていた。

なんだろう？　と首をかしげた。

「くくく、では言葉通り、小僧を実験台にするのじゃ」

「ああ」

俺は頷き、ラードーンに向き直った。

ラードーンは指輪型の古代の記憶をはめて、俺に向かって手を突き出す。

そして、魔法を放つ。

「これは残念」

「え？　成功してるよね」

「だからじゃ、種族は人間のままという事じゃ」

「ああ、さっきの話ね」

さすがに流れは理解できたけど、ますます困って苦笑いしてしまう。

【ヒューマンスレイヤー】が効いてきた、意識が徐々に遠のいていくのを感じた。

気を張って意識を保つと、俺のそばにもう一人の俺が現われた。

もう一人の俺は砂時計を持っている。

砂時計の砂が落ちるのとともに、体が腐り落ちていた。

「ほう？」

「どう、かな」

意識が遠のくのを根性で保つ。

ラードーンは【ヒューマンスレイヤー】を解いた。

砂時計を持ったもう一人の俺が砂時計ごと消えた。

そして、それをやったラードーンはにやりと笑った。

「いいアレンジじゃ。一二〇点やるのじゃ」

と、めちゃくちゃ褒《ほ》めてきたのだった。

.228

「さて、これから交渉に向かうわけじゃが」

「ああ」

頷く俺。

ラードーンは一度他の三人を見て、三人は肩をすくめるとか手の平を上向きにして差し出すとか、一斉に「任せる」的な仕草をした。

それを受け取って、ラードーンは俺の方を向き直った。

「わしらが実際の交渉をうけおう、小僧は詳しい内容を知らずともよい。そのかわり向こうが拒むごとに、わしらの誰かに『やれ』といった指示を出せばよい」

「分かった——けど、それだけでいいのか？」

「小僧は魔王じゃ、鷹揚に構えていて、わしらをあごで使って大物として振る舞っていればよい」

「そうか」

俺は大きく頷いた。

何をしようとしてるのかはやっぱり分からないままだけど、ラードーンの口ぶりからは、完全に任せても大丈夫だと感じた。

「では、行こうか」

ラードーンがそう言い、俺は再び頷いた。

それとともに前世のピュトーンとデュポーンたち一斉に動き出して、俺のまわりを取り囲むように動いた。

俺が四人に囲まれる「王」というフォーメーションで、ゆっくりと地上に向かって降下しだした。

このままだと屋根の上に降りてしまうからどうするのだろうか――と、思ったが聞くまでもなかった。

誰に言われるともなく、合図があったわけでもない。

まったくの即興という感じで、ピュトーンが軽く手を振って、屋根を吹き飛ばした。

その真下にある部屋が野ざらしになった所で、俺達はその部屋の中に着地した。

「な、なんだお前たちは！」

男ががなる声で聞いてきた。

喋るなと言われてたから、代わりに部屋の中をぐるっと見回す。

たぶんこの巨大な屋敷の主が使っているであろう立派な寝室で、広いベッドの上に女性が三人寝かされていて、彼女達は一様に意識はない。

その横で一人の中年男がいて、男ががなってきた相手だ。

「我らが主、リアム＝ラードーン陛下だ」

ラードーンは普段よりも更に一段上の、荘厳さを感じさせる口調で言い放った。

「リアム＝ラードーン」と聞いた瞬間、ピュトーンとデュポーン達が微かに眉《まゆ》をひそめたのが目に入った。

大丈夫なのかな、って思っていると。

「魔王本人だと!?」

中年男が驚愕する声が耳を打った。

それで空気が一気に張り詰めて、悠長にまわりを見ていられる状況じゃなくなった。

黙っていろという指示を守って、黙ったまま男を見つめた。

ラードーンが更に続けた。

「貴様がパルタ大公、トリスタン・ラザフォードだな」

「魔物の分際で軽々しく私の名前を口にするな！」

「相違ないな？　では我が主、リアム陛下のお言葉を伝える。今すぐ神竜達にかけた【ドラゴンスレイヤー】を解除せよ」

「ふざけるな！　魔物がこの私に命令するつもりか！」

「……」

ラードーンは何故かこっちを見てきた。

……あ。

そうだった、そういう話だった。

完全に黙ってるだけじゃなくて、交渉をして、それが拒絶される度に俺が誰かに「やれ」って命令するって話だった。

ラードーンの視線でそれを思い出した俺は、一番近くにいたピュトーンに言った。

「やれ」

「御意でございます」

ピュトーンは明らかに芝居がかった、普段とは違う口調で言い、軍服をなびかせて一礼した。

そして身を翻して、ゆっくりとベッドの上に寝かされている三人の女性達に向かっていく。

「何をするか魔物の分ざ――――」

パルタ大公――トリスタンは手を伸ばしながらピュトーンに近づいていき、肩をつかもうとしたが、ピュトーンは顔だけ振り向き軽くひとにらみしただけで、ビクッと体が硬直して動けなくなった。

ピュトーンはそのままベッドの前まで行って、古代の記憶の指輪をつけた手をかざして魔法を使った。

「【ヒューマンスレイヤー】」

新しい【ヒューマンスレイヤー】を寝ている女性達にかけた。

すると女性達の横に、本人とまったく同じ姿をした物が現われ、それが砂時計を持っていて、砂時計の砂とともに徐々に体が腐り落ちていった。

「サマンサ！　メアリー！　キャロル！」

トリスタンは女性達の名前を呼んだ。

実際の状況はこれまでと変わっていない、【ヒューマンスレイヤー】がかけられているという状況は変わってない。

しかし新しい【ヒューマンスレイヤー】で死へのカウントダウンが見えるようになって、トリスタンの焦りが目に見えて大きくなった。

「もう一度伝える。我が主の命令である、【ドラゴンスレイヤー】を解除せよ」

「ふざけるな！　そっちこそ妻達のこれを解除しろ」

「……デュポーン」

今度はどうするべきなのかはっきりと分かった。

トリスタンの拒否の言葉を聞いた瞬間に俺は命令を口にした。

前世のデュポーンが無言で部屋の壁を吹っ飛ばした。

壁の向こうに今度は身なりのいい男女の子供達が倒れていた。

デュポーンは子供達に向かって【ヒューマンスレイヤー】をかけて、同じように砂時計と腐っていく本人の姿を見えるようにした。

「リリー！　ロイ！　き、きさまら……こんな事をしてただですむと思っているのか」

「我が主の命令だ、すぐに【ドラゴンスレイヤー】を解除し降伏せよ」

「ふ、ふざけるな。そんな一方的な――」

「デュポーン」

三回目になるともうはっきりと分かった。

今度は言葉を途中で遮って前々世のデュポーンに命令した。

そのデュポーンは頷き、少し飛び上がった。

軍服をなびかせながら、【ヒューマンスレイヤー】を唱える。

魔法の光が広範囲に広がった。

「な、何をした――まさか！」

トリスタンははっとして、窓際に駆け寄っていった。

窓にへばりついて外を凝視した。

「や、屋敷の者達が……」

俺には見えていないが、さすがにもう何が起きているのか光景が想像できた。

この部屋、そしてとなり部屋。

それに続いて、三回目は屋敷の中にいる者達に、広範囲に【ヒューマンスレイヤー】をかけたんだろう。

それを見たトリスタンが言葉を失い、わなわなと震えだした。

「我が主の命令だ」

「――っ！」

「【ドラゴンスレイヤー】を解除して降伏し、人質を差し出せ」

「人質⁉　何を言っている、そんな事できるはずがない！」

しぼみかけたトリスタンの怒りがぶり返してきた様子だ。

俺も「何を言ってる」的な気分になった。

が、ラードーンがこっちを見た。

だから疑問をひとまず後回しにして。

「ラードーン」

「御意」

ラードーンは応じて、さっきのデュポーンと同じように飛び上がった。

デュポーンよりも遙か上空、天井があった所よりも更に上の方に飛び上がってから――ドラゴンの姿に戻った。

「ひぃ！」

それは、トリスタンが悲鳴を上げてしまうほどの異様。

神竜ラードーン、その本来の姿に戻った。

部屋の中が丸ごと影で覆われるほどの巨体で、更に二回り大きな魔法陣を広げる。

そうして唱えたのは――【ヒューマンスレイヤー】。

【ヒューマンスレイヤー】の光がラードーンを中心に広がる。

この街全体に広がって、覆い尽くすほどの光だ。

「…………」

トリスタンはがくがくと震えだした。

震えて、床にへたり込んでしまった。

さすがに全部分かった。

ラードーン達は、トリスタンが拒否をする度に【ヒューマンスレイヤー】の範囲を広げた。

自分が拒否する度に犠牲者が目に見えて増える、そういう形にした。

それは目に見えて効果を発揮していた。

『我が主からの命令だ』

「――っ！」

上空から聞こえてくる四回目の問いかけに、トリスタンはいよいよ青ざめだしたのだった。

.229

「分かった！　分かったから!!」

トリスタンは必死な形相ですがりだした。

空にいるラードーンにすがったが、ラードーンからは何も反応がなかった。

「頼む！　もうやめてくれ！　頼む！」

必死な形相でそう言って、視線をこっちに向けてきた。

ラードーンは反応しなかったが、地上にいるデュポーンら三人は一斉に俺に視線を向けてきた。

俺が決めるのか？　――と思っていると。

トリスタンはその視線の動きを見て、何かはっとしたような感じで、俺に向かって土下座した。

「たのむ！　もうやめてくれ！　なんでもするから！」

「……ああ」

この「……ああ」はトリスタンに向けた返事じゃなかった。

何となく理解したのだ。

地上にいるデュポーン達も含めて、さっきと同じように、やめる決定権も俺のものにする、という演出にしたいんだろう。

それを理解した俺は頷き、空に向かって口を開く。

「戻ってこい、ラードーン」

叫んだわけではなかった。

普通くらいの声の大きさ、目の前にいる人間と喋るくらいの大きさだ。

それくらいの大きさだったけど、ラードーンにはしっかり伝わったみたいで、ゆっくりと空から降りてきた。

そりゃそうだ。

ラードーンのすごさは俺がよく知っている。

トリスタンは今脅しをかけてる最中の相手だ。

そんな相手に、空にいるからって聞こえてないわけがない。

聞こえなかったふりをしてただけだ。

そんなラードーンはゆっくりと降りてきた。

ドラゴンから人間の姿、軍服少女の姿に戻って、しれっとした様子で俺の横に立った。

あくまで俺を「主」に立てる動きだった。

俺が分かったくらいだから、トリスタンもそれを完全に理解してみたいだ。

「神竜」ラードーンが戻ってきても、土下座の向きは俺に向けられたままだった。

えっと……ここからどうする？

指示はここまでで、この先の事はない。

どうすればいいのかを考えた。

ちらっと四人に視線を向けたが、何も言われなかった。

それはつまり、俺の好きにしていい、という事なのかも知れないと思った。

目的は何か、今世のラードーン・デュポーン・ピュトーンの三人の【ドラゴンスレイヤー】を解除させる事。

途中で何をどうやってもその最終目的は変わらない。

ラードーン達は途中の手段を指示してこなかったから、俺はその最終目的に向かって動く事にした。

「【ドラゴンスレイヤー】を解除しろ」

「わ、分かった。ただ」

「ん？」

「違うんだ！　やらないわけではない！」

トリスタンは跪いたまま、両手をブンブンふって弁解した。

ここからの誤解は大事な人の命に関わる、と身にしみたから出た反応だろう。

「何しろ相手がドラゴンだ、大がかりな魔法でここではできない」

「なるほど」

俺は頷いた。

それは頷ける話だ。

【ヒューマンスレイヤー】と違って、【ドラゴンスレイヤー】はラードーン達「神竜」にかけたもの。

それが大がかり仕掛けで実現した――というのはすごく納得する。

むしろそうじゃないとおかしい、とさえ思った。

「じゃあ案内してくれ」

「分かった」

「その前に」

それまで黙っていたラードーンが一歩前に進み出て、手を無造作に振った。

目の前に羽虫かなんかがいたから手で払った、くらいの気安い行動。

その行動は魔力をともなった。

魔法が発動して、まわりにいるトリスタンの家族達にかかった。

すると砂時計の砂が一気に半分落ちて、それを持っている本人をもした人形も半分近く腐敗が進んだ。

追い【ヒューマンスレイヤー】、って所か。

「ああっ！　な、何をする！」

「安心するがよい。貴様が協力的であれば十二分に間に合う時間じゃ」

「そ、そんな……」

トリスタンは青ざめた。

ラードーンの追い【ヒューマンスレイヤー】、効果は抜群だったみたいだ。

そこはラードーンの言うとおりで、追い【ヒューマンスレイヤー】で縮めたとはいえ、砂時計や人形の腐り具合からタイムリミットはまだ一日くらいは残っている。

なのに青ざめた――何か俺達を出し抜こうとしてたのを、ラードーンが気付いて止めたという事なんだろう。

さすがラードーン。

前世であってもやっぱり勘も頭もいい人だ。

「た、たのむ！　これでは――」

「うだうだ言ってないの」

デュポーンがそう言いながら、元のドラゴンの姿に戻った。

そして鉄のような質感のかぎ爪でトリスタンをわしづかみにした。

『とっとと案内しなさい、本当に間に合わなくても知らないよ』

「……分かった」

トリスタンは青ざめて、そしてうなだれた。

そして諦めたかのように力のない口調で応じた。

デュポーンがドラゴンの姿に戻ったのも脅しの一環なのだろうな、と俺はまたも感心したのだった。

☆

ドラゴンが一頭、人間が四人。

空から降り立ったそこは街の近くにある川にある三角洲だった。

川が湖に流れ込むその「付け根」的な所にある三角洲の真ん中には祭壇のような台座があり、台座の上に巨大な結晶体がある。

俺はその結晶体を見てから、未だデュポーンにつかまれたままのトリスタンに振り向いた。

「あれは？」

「魔晶石だ。考え得る限りで最高純度のものを探してきた」

「ブラッドソウル？　あんなにでかくなるんだ」

ちょっとだけ驚いた。

魔晶石、別名ブラッドソウル。

魔法を使った後の魔力が一カ所に流れて、それが結晶化したもの。

丁度この三角洲のように、流れるものの不純物が一カ所に集まって固まった、そういうものだ。

そのブラッドソウルは結構色々見てきたけど、こんなにでっかいサイズなのは初めてかも知れない。

「なんでこんなものを?」

「あの三竜に向けた【ドラゴンスレイヤー】、人間一人の魔力ではどうしようもない。だからこれで大量に魔力を集めて行使させたのだ」

「あー……そっか」

なるほど、と俺は納得した。

そりゃそうだ。

【ヒューマンスレイヤー】と違って、【ドラゴンスレイヤー】は相手がラードーン達神竜だ。

発動すれば文字通りの「必殺」になる魔法は、相手が強大であればあるほど必要とする魔力が大きい。

人間一人の魔力じゃ足りないのはすごく納得がいく。

「今からためては間に合わない！　だから頼む！　さっきの魔法、私の家族にかけた方は少しだけ緩めてくれ」

トリスタンは必死にすがってきた。

俺はブラッドソウルに近づいた。

「ようはこれがいっぱいになる程度の魔力があればいいんだろ？」

「そうだ、だからその分の時間を――」

「魔力の問題なら――【アナザーディメンション】」

俺は新しく覚えた、別世界への扉を開く魔法を使った。

そろそろ見慣れてきた「そら」の景色が広がり、その向こうから隕石が飛んできた。

隕石が飛んできて、次元の扉をくぐった瞬間にそれを魔力に変換する。

別世界の物質は次元の扉を超えた瞬間大量の魔力になる。

今回は俺の中じゃなくて、巨大なブラッドソウルがあったから、【タイムストップ】を使わずに魔力をそのままそっちに流した。

大量の魔力を注がれたブラッドソウルが光り始める。

ブラッドソウルに手をふれて、探る。

今の隕石一つで半分くらいの魔力にはなった感じだ。

ならばもう一つ、サイズ次第では二つくらいでブラッドソウルがたまる。

俺はトリスタンに振り向き、言った。

「問題なく間に合いそうだ」

「…………」

視線の先で、トリスタンは信じられないものを見てしまったような、愕然とした表情になっていたのだった。

.230

【アナザーディメンション】で開いた扉、向こうの世界から何かが飛んできた。

金属的で、自然物じゃなくて人間が作ったもの。

ただ何をどうやって作られたのか、見ても分からなかった。

まるで鳥のような、翼のようなものが広がっているが、それは角張っていて、片面が不思議な光り方をしている。

なんだろうあれは――。

「あれは『ウチュウタンサキ』っていうのらしいよ」

「ウチュウ……何?」

「ウチュウタンサキ。あの翼みたいなのは太陽の光を受けて雷の力を生みだすためのものみたいよ」

「太陽の光を雷に?」

【アナザーディメンション】のヒントをくれた、最初に次元の壁を開いたデュポーンがまるで俺の心を読んだかのような感じで言ってきた。

「そう。その雷の力であれを動かしてるって。向こうだとほとんどのものが雷の力で動くんだって」

「雷の力で……?」

不思議に思って、ついそれを考え込んだ。

魔力であれこれ動かしたり魔力を別種の力に変えるという話なら分かるし、俺には何種類や何十種類と思いつく。

だけど雷の力でそれをするとなるとまったく分からないし想像もつかなかった。

「考えてもむだなんじゃないの？」

「――――っ！　確かに！」

デュポーンの言うとおりだった。

その事を考えてもきっと無駄なんだと思った。

魔法とはまったく違う理屈で動いてそうで、だったら俺がいくら考えようと分かるはずがないと思った。

それに、本質な所で魔法に近い何かを感じたからついつい考え込んでしまったが、今はそれ所じゃない。

魔力を確保して、【ドラゴンスレイヤー】を解除する。

それが今一番大事な事だ。

俺は改めて次元の向こうを見つめた。

例の人工物がまっすぐ飛んできた。

まっすぐ一直線に飛んできたが、ちょっとズレる感じだった。

「【アナザーディメンション】」

追い【アナザーディメンション】をした。

人間一人が通れる程度だった裂け目を一回り大きくした。

「――っっ！」

瞬間、体にものすごい負荷がかかってきた。

裂け目を大きくしようとしたら、まるで反発するかのように力がかかって、俺の体を締め付けてくる。

全身の骨がミチミチと軋みを上げるほどの締め付けだった。

「大丈夫なの？」

デュポーンが聞いてきた。締め付けられた瞬間に思わず寄せてしまった眉間《みけん》をそのままに、にこりと笑みを作って答える。

「大丈夫だ、ゴムを必要以上にひっぱったら締め付けられただけみたいなものだから」

リアムに転生してから初めて知った、高級品のゴムの感触を思い出して、それを使えて例えた。

「ゴムってよく分からないけど、だったら大丈夫みたいね」

「……ああ」

そう、デュポーンの言うとおりだ。

だったら、大丈夫、だ。

もっと言えば今の状況なら。

何があろうとも大丈夫にする。

これしかなかった。

深呼吸して、意識を強く保つ。

ゴムが締め付けてくるのならそれ以上の力で押し開けばいい。

そう思って、追い【アナザーディメンション】分の裂け目を維持した。

向こうの世界の人工物が飛んできた。

裂け目ギリギリを擦って、こっちの世界に飛び込んできた。

その瞬間に崩壊が始まって、俺は【タイムストップ】で時間を止めて、それを消化した。

「ぐっ……がはっ！」

予想通りと、予想以上が同時にきた。

予想通りなのは、次元の裂け目。

次元の裂け目といえど、時間が止まっている間は「ゴムが戻らない」から、締め付けはゼロになった。

予想以上なのは、それが持つ魔力。

向こうの世界の人工物、ウチュウタンサキ。そいつが崩壊して、魔力に変換された量が予想の遙か上だった。

仮に数字にすれば、ケタが文字通り一つは違う、そんな膨大な量。

【タイムストップ】で止めた時間の中であっても圧倒的な量。

消化するのに胃もたれする、いや胃袋が破裂しかねない量だった。

だが――。

「有難い」

にやりと口角を持ち上げ、つぶやく。

言葉に出してつぶやくことで自分を鼓舞した。

そう、有難い。

今の状況なら魔力はあればあるほどいい。

ラードーン、デュポーン、ピュトーン。

伝説の三竜に効果を発揮するほどの大魔法【ドラゴンスレイヤー】。

それをなんとかするには、魔力がいくらあっても困る事はない。

「ラードーン……デュポーン……ピュトーン……」

止まった時間の中で三人の名前を呼びながら、体がはち切れそうな魔力を飲み込んでいく。

そして――

かっ、と目を開く。

ここから先は「時間との勝負だ」。

時間が止まった世界、【タイムストップ】の中。

それは皮肉にも魔力を消費し続ける「タイムリミット」アリの世界。

解除するか維持するか――維持したままの方が魔力を保っていられる。

【タイムストップ】の消耗分を考慮しても維持したままの方がいいと判断して、維持し続けた。

そのまま巨大な魔晶石・ブラッドソウルに向き直る。

手をかざして、ウチュウタンサキから飲み込んだ魔力を一気に吐き出す。

ブラッドソウルが反応する、巨大魔法【ドラゴンスレイヤー】が発動する。

「――リリース！」

【ドラゴンスレイヤー】はタイムリミットありの魔法。

魔法は作られた人の目的がそのまま効果に現れる事が多い。

タイムリミットありの魔法はほとんどの場合、それをネタに交渉や取引に使うから、解除法はある。

俺は【ヒューマンスレイヤー】をそうしたし、【ドラゴンスレイヤー】もそうだった。

その解除にはおそらく発動した以上の魔力を必要としたが。

「ありがとう」

ウチュウタンサキの膨大な魔力はやはり有難かった。

俺は例の言葉を口にしつつ、【ドラゴンスレイヤー】の解除の最後の一歩を踏み込む。

止まった時間の中、魔力の光が拡散の兆しを見せる。

そして――時は動きだして。

.231

ドン!! という、空気を震わせ、巨大な魔晶石が大きく揺れて、ぐらつき、倒れてしまった。

それほどの破裂音が辺り一帯に響き渡った。

トリスタンは耳を押さえ、半ば頭を抱えるような仕草で、悲鳴を上げながらしゃがみ込んでしまった。

反応がちょっと大げさだ、と思いつつも、それを無視してこっちに意識を集中させた。

「……うん」

俺ははっきりと頷いた。

自分でも分かるくらい、安堵の笑みを口角に浮かべた。

時間が動き出したあと、二つの大きな力がぶつかり合ったのを感じた。

発動中の【ドラゴンスレイヤー】と、それをかき消すための力。

二つの力がぶつかり合った、まわりの環境に干渉するほどの爆発音と波動を広げて、互いに消滅した。

【ドラゴンスレイヤー】が解除された、魔法的にそう感じた俺は満足して頷いた。

「あっ――なあ、三人は大丈夫なのか?」

ハッとして、振り向いて四人に聞く。

魔法的には解除された、それは間違いない。

だけど今のラードーン、デュポーン、ピュトーンの三人がどうなっているのか俺には分からなかった。

念の為、彼女達に確認した。

「安心せい」

ラードーンがにやりと笑いながら言った。

「三人ともピンピンしているのじゃ」

「本当か？」

「ええ本当よ。元気すぎるくらい元気ね」

デュポーンが補足するように言ってくれた。

俺は今度こそ胸をなで下ろした。

彼女達がそう言うのなら大丈夫だろうと思った。

「さて……」

気を取り直して、とトリスタンの方を向く。

次はどうするのか、と考えた。

普通に考えたら【ドラゴンスレイヤー】は解除されたし、今後はこっちが仕掛けた【ヒューマンスレイヤー】を解除する番なんだけど……。

ちらっとドラゴンたちを見た、特にラードーンの方を見た。

今までと同じように指示をもらうため、彼女達に視線を向けた。

誰も動かなかった。

前世のデュポーンに至ってはニヤニヤしている。

俺でも「次は【ヒューマンスレイヤー】だ」って気づくくらいだから、彼女達が気づかない事はあり得ない。

俺なんかよりも数十、いや数百倍頭が良くて、あれこれに精通しているドラゴン達、神竜達なんだ。

気づいてないはずがない、なのに何も言わない。

まだ何があるんだ……と、そう思った俺は何も言わない事にして、とにかく彼女達の指示を待った。

これはもう、絶対こうした方がいいって俺は決めてる。

はっきりと決めた、誓いを立てるレベルで堅く決めた。

魔法以外の事はまわりの人間、特にドラゴンたちにアドバイスをもらうのを基本にしよう、と。

だから待ったが、ラードーン達が何かを言い出すよりも早く、トリスタンがハッとして立ち上がり、俺にすがってきた。

「か、解除したのだな」

「……ああ」

アドバイスや指示がない事を確信しつつ、最低限の返事だけをした。

「だ、だったら、早く妻や子供達を！」

「そうだな――」

ラードーン達は相変わらず何も言ってこない。

だったら常識通りというか、約束通り【ヒューマンスレイヤー】を解除してもいいのかな？

ああ、もしかして！

【ヒューマンスレイヤー】は公国領全土のほぼ全部の人間にかけてる。

ラードーン達が手分けしてやってきたから、解除も手分けしてやる。

今までと同じように、「魔王の俺がドラゴンに命令する」の形にするのかな？

だったら――と、思ったその時だった。

斜め後ろ、遙か上空からものすごい力の奔流を感じた。

「――っ！」

俺はたぶん、「血相を変えて」レベルの顔で、ぱっと力の方に振り向いた。

空を見上げる、何もない青空――だったのはほんの数秒だけ。

直後、そこに一頭のドラゴンが現われた。

大空に飛び上がって、更に天を仰いで咆哮《ほうこう》するドラゴン。

距離は離れているが、それでも図体の巨大さがはっきりと分かり、その咆哮で地揺れが起き。

「な、なんだ⁉」

トリスタンはまるで俺の心境を代弁するかのように、青ざめてへたり込んだ。

そして切羽詰まった顔で俺に詰め寄って。

「話が違うぞ！」

「えっと――あれはピュトーンだよな。どうしたんだ？」

俺は四人に聞いた。

空にいるドラゴンは以前見た事がある、現世のピュトーンの、ドラゴンの姿だった。

ピュトーンは空の上で咆哮している。

「当然の反応じゃな」

ラードーンはニヤニヤしながらいった。

「当然の反応？」

「キレた？」

「キレたね、あれ」

「いきなりピンポイントに殺意全開の魔法を喰らって、でも死は免れた。それで意識を取り戻したら、どうなる？」

前世のデュポーンもピュトーンも、ラードーンの言葉をリレーで引き継ぐように小出しで説明してくれた。

小出しだけど、さすがに分かった。

「そりゃキレるな」

俺は苦笑いした。

彼女達の言葉は分かりやすく、当然の事だった。

一瞬、以前に彼女達が言ってた事、ドラゴンは新生するから生に執着してない、という話も思いだしたが、それはそれ、これはこれなのかも知れないと思った。

「聞いての通りだ、まあ、キレるよな」

俺はトリスタンに言った。

トリスタンは「うっ」とたじろいだ。

命を狙った相手がキレた、というのはたとえ敵対する立場だろうが否定できないほど強い説得力を持つ。

「た、頼む。やめさせてくれ！　あれでは――うわっ！」

トリスタンは手を顔の前でクロスさせて、自分を守る仕草をした。

直後、一際大きな咆哮が響き渡り、巨大な力が放出された。

無軌道に放たれた力は近くにある山の一角を吹き飛ばした。

自然災害よりも遙かに巨大で、恐ろしい力。

キレたピュトーンはこのまま放っておけば近くの山脈を文字通り平らげてしまいかねないほどの勢いだった。

さすがにこれは――と、トリスタンに関係なく止めなきゃと思い、またまたドラゴンたちに聞いた。

「どうしたら止められる？」

「キレた者を止めるのは簡単じゃ、のう」

「そうね」

「簡単？」

「横っ面をパンってひっぱたけば我に返るわよ」

「いいのかそれで」

「いいのよそれで」

「そうか」

俺は頷き、納得しようとした。

ちょっとだけ力技過ぎるかなって思ったけど、頭に血が上った相手をひっぱたいて止める、というのもまあまあ分かる話だ。

彼女達がそう言ってるし、じゃあ一回やってみるか、と思った。

「……すぅ」

深呼吸一つ、右手を突き出す。

「アメリア・エミリア・クラウディア」

三人の名前、憧れの歌姫達。

名前を呼んで、魔力を高めて、同時魔法の数を最大限まで引き上げる。

いつものようにそれで同時に失敗とチャレンジを一瞬のうちにこなして――。

「【ドラゴンバスター】！」

突き出した手の先から、漆黒の光線が放たれて、一直線にピュトーンめがけて飛んでいった。

.232

漆黒の光線が一直線に伸びていった。

空気を切り裂いて行くなか、ガラスを爪でひっかいたような、甲高く神経に障る音がした。

放った俺自身が思わず耳を塞《ふさ》いでしまったほどだ。

神経に触る音だが、気にしなかった。

副次的な現象なんてどうでもいい、問題は望んでた効果が出るかどうかだ。

一直線に飛んでいく【ドラゴンバスター】の光線は――外れた。

音が耳障り過ぎたせいか、直前にピュトーンが振り向き、巨体を舞うように翻して交わした。

「むっ……もう一度！」

魔力を練り上げ、もう一度【ドラゴンバスター】を放った。

一発目に勝るとも劣らないほどの騒音を伴って光線が飛んでいく――が、やはり避けられる。

だったら三発目を――と思っていると、ピュトーンが天を仰ぐような仕草をして、息を大きく吸い込んだ。

そしてこっちに向かって何かを吐き出した。

とっさに身構えた。

ものすごいものが飛んでくるであろうと、相手がピュトーンだから警戒を最大レベルにして身構えた。

それは半分正解で、半分不正解だった。

ピュトーンが吐き出したのは霧状のものだ。

それは予想していたような、うなりを上げて飛んでくるような何かではなかった。

が、それを見た俺はふわふわしている霧状のとは裏腹に、警戒心を一瞬で数ランク引き上げた。

そう、そうなのだ。

ピュトーンのはそうなのか。

彼女は光線や火炎といったものを吐いてくるわけじゃない、初めて会ったときから全身が放っている眠りの霧があったのだ。

その霧とたぶん同種のものを口から吐いた。

直感的に、それは体から放っている物よりも遥かにヤバイ代物だと思った。

当然だろう。

意識しないで体から常にもれているものと、意識して口から盛大に吐き出されるものとで。

どっちがより強力なのかは聞かずとも分かる。

「【ミストラル】！」

普段あまり使わない、暴風を巻き起こす魔法を放った。

こっちに飛ばされてくる「文字通りの吐息」をその暴風で吹き飛ばした。

「まずい！」

とっさに空に飛び上がった。

対処を間違えたと一瞬で分かった。

飛んでくる吐息に暴風をぶつけたが、それは良くなかった。

暴風は確かに吐息を吹き飛ばせたが、二つの「気」がぶつかり合う事で乱気流になって、一度は吹き飛ばしたピュトーンの霧が渦巻いて、より強い勢いで俺に襲いかかってきた。

とっさに飛行魔法で空に飛んで、ぎりぎりの所でそれを避けた。

「――っ！　シールド！」

飛び上がるのを予想していたのか、ピュトーンが目の前に迫り、体が一回転して、尻尾が横薙ぎで飛んできた。

とっさに【アブソリュート・フォース・シールド】を展開してそれを防ぐ。

シールドで尻尾を防げたが、余波で弾き飛ばされた。

それが却って良かった。

弾き飛ばされながら、俺は空中で更に魔法を詠唱。

三度、【ドラゴンバスター】。

【ドラゴンスレイヤー】を改良した、ドラゴンに特効を持ち、大ダメージを与える魔法。

その【ドラゴンバスター】は金切り声をあげて飛んでいくが、またしてもピュトーンにひらりとかわされた。

めちゃくちゃ避けられていた。

ピュトーンのイメージとは違う――いやイメージ通りか？

ふわふわしてつかみ所のない事を考えればイメージ通りのように感じた。

ピュトーンは更に眠りの霧を吐いてきた。

今度は【ミストラル】で対抗しないで、飛行魔法で大きくとび退いた。

が、避けた霧はそのまま直進して、地面に当たって――拡散した！

暴風で対抗しなくても何かに当たるだけで拡散する。

そりゃそうだ、煙とか霧とかはそういうもんだ。

そしてただの魔法よりもたちが悪い事に、霧は拡散してもすぐには消えず、しばらく辺り一帯に充満していた。

巨大ブラッドソウルのまわりが、体幹三割くらいの空間が霧で埋め尽くされている。

「【パワーミサイル】！」

試しに一発、地面に向かって【パワーミサイル】を放った。

霧を丸ごと吹き飛ばせそうか、そう思ってのテストだが、霧は渦巻いて「しぶとかった」。

吹き飛ばす事を諦めた。

ピュトーンは更に尻尾振ってきた、霧を吐いてきた、尻尾を振ってきた――。

キレているからか、それで本能だけで動いているからか。

ピュトーンの攻撃はシンプルだった。

それ故にやっかいだった。

こっちの攻撃は当たらず、ピュトーンの眠りの霧が吐かれる度に拡散して空間を削っていく。

気が付けば、俺は巨大な霧の檻に閉じ込められた状況になった。

「……」

ピュトーンの眠りの霧。

普通なら吸い込まなければ大丈夫だと思うけど、そこはピュトーンの事だ。

吸い込まなくても霧に触れただけで眠ってしまう——最悪それくらいの想定でいた方がいい。

というか俺ならそういう魔法にする。

そうなると、俺は囲まれて追い詰められて、崖っぷちの所に立たされていた。

ちらっと見えたラードーン達四人は遙か上空にいて、動こうとしていない。

なぜ動こうとしないのかは分からないけど、この場は俺が自分でどうにかしないといけないのは間違いないだろう。

「……【パワーミサイル】」

一発、【パワーミサイル】をピュトーンに向かって放った。

ピュトーンは避けずにそれを受けた。【パワーミサイル】一発程度ではまったくの無傷だった。

今度は同じように【パワーミサイル】を複数で、一一連で放ってみた。

ピュトーンはやはり避けようともせず、強引に弾くように突っ込んできて尻尾の打撃を放ってきた。

空に飛び上げて避けて、今度は【ドラゴンバスター】を放つ。

するとピュトーンはふわり、とそれを避けた。

間違いない、【ドラゴンバスター】を察した上でそれだけ避けているんだ。

そうなると――当たらないのは明白だった。

警戒されて、「これは避けなきゃいけない」とピュトーンが思っている以上、【ドラゴンバスター】はもはや当たらないだろう。

これがそこそこの相手なら何発か撃ってればいつか当たるだろうが、ピュトーンは三竜の一人、神竜の一人だ。

そんなピュトーンが警戒していたら絶対に当たるはずがないと俺は思った。

「だったら――【契約召喚：リアム】！」

俺は自分の分身を呼び出した、分身と向き合って、頷き合う。

分身が突っ込んでいって、ピュトーンに肉弾戦を仕掛けた。

その分身が時間稼ぎをしている間に――。

「アメリア、エミリア、クラウディア」

憧れの歌姫の名前を呼んで魔力を高めて、イメージする。

強くイメージして、作り替える。

「――【ドラゴンバスター】！」

改良した【ドラゴンバスター】を放つ。

光線がさっき以上に耳障りな金切り音を上げて、唸って飛んでいく。

一直線に飛んでいく光線は俺の分身諸ども飲み込むコースだった。

それをピュトーンが察して、ふわりと避けた。

光線は俺の分身だけを飲み込――まなかった。

直進のイメージしかない光線は更に一段階いやな音を立てて、曲線的に曲がってピュトーンを追尾した。

追尾する、曲がる光線。

新しい【ドラゴンバスター】がピュトーンに迫り、そして激突し、空中で大爆発を起こした。

爆発は、離れた地上の眠りの霧を全て吹き飛ばすほどの威力になった。

.233

俺は身構えたまま、固唾をのんで見守った。

爆発の煙が徐々に晴れていき、爆煙の向こうからシルエットがはっきりと見えてくる。

完全に晴れたあとそこにいたのは、全くの無傷のピュトーンだった。

俺は息を飲んだ。

効果がなかったのか？　だったらもう一回――って思っていたら。

ピュトーンの巨体がしゅるる――と小さく縮んでいった。

ドラゴンの巨体から、小さな人間の女の子の姿になっていった。

俺が知っているあのピュトーンの姿に戻って、ゆっくりとこっちを向いた。

「ぴゅーを助けてくれた、の？」

「もう大丈夫なのか？」

質問に質問を、はどうなのかなと思ったけど、状況が状況だったから思わず聞き返してしまった。

するとピュトーンはおずおずと頷いた。

「そうか、どっちも大丈夫みたいで良かった」

俺はそう言って、ホッとした。

【ドラゴンスレイヤー】の効果と、それから戻ったけどブチ切れた事。

両方とももう大丈夫みたいだった。

「……ありがとう、ぴゅーを助けてくれて」

「なんとかなって良かったよ。それよりも本当にもう大丈夫か？　まだどこか違和感とかがあったら早いうちになんとかした方がいい」

「大丈夫、ただ」

「ただ？」

「ねむい……」

「……ああ」

一瞬、虚を衝《つ》かれて目を見開いてしまったが、すぐにそれは「いつものピュトーン」だと気づいた。

そういう台詞が出てくるのなら本当にもう大丈夫だろう、と思った。

「普通に眠る?」

「まくら」

「うん?」

「あの枕《まくら》、ほしい」

「ああ」

俺は頷き、【アイテムボックス】を唱えた。

そしていくつか予備で作っておいた、ピュトーン専用の枕を取り出した。

それをピュトーンに手渡した。

ピュトーンはそれに手を触れ、つかんだ——が。

引き寄せる、受け取るそぶりはなく、俺とピュトーンが二人で枕をつかんだまま見つめ合うような状況になった。

「どうしたの?」

「……ありがとう」

「え? ああ、さっきも聞いたけど、うん」

俺は曖昧《あいまい》に頷いた。

なんでもう一回言われるんだろうと不思議がった。

ピュトーンを見つめ返した。

身長差もあって、上目遣いで見つめてきたピュトーンは、どういうわけか顔を赤くして、目を逸らしてしまった。

「本当に大丈夫か？」

「…………お休み」

ピュトーンはそう言い、顔ごと背けたあと、枕を抱いて、その場に寝っころがった。

どういう事？　――と追及する暇《ひま》もなく、ピュトーンはすやすやと寝息を立て始めた。

「ほんとうにどういう事なんだろう」

「そのうち分かるわよ」

声の方を向いた。

前世のピュトーンを先頭に、四人のドラゴンがゆっくりと飛んできて、俺の前に着地した。

俺は前世のピュトーンに聞き返した。

前世とはいえ本人、しかもなんか思わせぶりな口調。

彼女なら理由は分かるのかもしれないと思って聞き返した。

「そのうち分かるって？」

「そのうち分かるって事。そうね、今のあなたじゃ説明しても理解できない事かも知れないわね」

「そうか」

俺は頷き、それならば、と引き下がった。

ピュトーンのそれは魔法的な何かというわけじゃなさそうだ。

そして「今の俺じゃ分からない」と言われたら、これ以上聞いてもしょうがないと思った。

「さて……ね？」

「そうだね」

「小僧よ、わしらは散って、各地の【ヒューマンスレイヤー】を解除して回る」

「ああ。手伝いは？」

「いらん」

前世のラードーンはにやりと笑った。

それもそうだ、と俺は思った。

「あんた達に手伝いとか出過ぎたまねだよな」

「そういう事じゃ」

「それが終わったら私達はそのまま消えるから」

「え？」

前世のデュポーンがいい、俺は驚いた。

「そのまま消えるって？」

「亡者がいつまでもでしゃばるもんじゃないのよ」

「しかし――」

「今は気が張ってるから気づいておらぬがな、小僧よ」

「え？」

「わしらを維持するために相当無理をしているのじゃ。火事場の馬鹿力もそろそろキレるころじゃ」

「あっ……うっ」

「くく、これは失敬」

前世のラードーンは笑った。

彼女に言われて思い出したら体が一気に重くなった、そんな気がした。

「だ、大丈夫だ、これくらいは」

「無理よ、あんたのそれは呼吸と同じ」

「呼吸？」

「そう。気にしてないときは勝手にする。でも一回気にしちゃうとしばらくは呼吸するのを意識する。何か大きな事で意識を逸らさない限りはもう勝手にできてる状況に戻らない」

「……ああ」

前世デュポーンの説明はすごく腑に落ちた。

彼女が次元の壁を開いてから、それに意識が行って、すっかりと維持の事が気にならなくなった。

それは彼女が出した呼吸の例えと同じなんだなと思った。

普段は意識しないで息してるけど、「意識して意識しない」というのはものすごく難しい。

というか……できない。

「ではな」

「ラードーン」

「なあに、永遠の別れというわけでもない」

「え？」

「今世の我らがまた命の危機に瀕すればまた出てきてやる」

「そうね、それくらいの感じでいいのかもね」

「どうしても私達にあいたいのなら、今世の私達に暴力をふるえばいいわ」

「暴力夫を成敗しに出てきてやるわ」

「ふふ、というわけで、わしとの再開を望むのならもっとつよくなる事じゃな」

前世のドラゴンたちは冗談めかした口調でいいながら、ゆっくりと浮かび上がり、空中でドラゴンの姿に戻っていった。

ドラゴンの姿に戻って、一人また一人空の彼方へと、それぞれ散っていた。

最後の一人、前世のラードーンが「もらっていくぞ」といって、トリスタンをわしづかみにして、そのまま連れて行った。

そしてこの場に残ったのは俺と、枕を抱いたまま地面で寝息を立てているピュトーンだった。

賑やかだったのと、生き死にのカウントダウンのまっただ中にいた。

その両方が一気になくなって、緊張感から解放されて、なんだか胸にぽっかり穴が開いたような、そんな気分になった。

——が。

それはすぐに埋められた。

『よいしょ、っと』

「ラードーン！」

聞き慣れた声。

さっきのより遙かに聞き慣れた、心の中に直接響いてくる声。

ラードーンが——今世のラードーンが、俺の中に戻ってきた！

.234

「戻ったのか！」

俺は自分の心の中に向かって問いかけた。

視線はどういうわけか上に——空に向かっていたけど、意識は自分の中に向けていた。

『うむ、手間をかけたな』

「大丈夫なのか？」

『もう問題ない。あれがピンピンしているのだ、我がどうにかなろうはずもない』

「あれ？　……ああ、ピュトーンの事か」

一瞬何の事かと思ったが、すぐに懐かしい——なんだかもはや「懐かしい」と思えるようになってしまった気配を感じた。

前世のラードーンともずっとやり取りをしていたが、口調といい微妙な癖《くせ》といい、やはり前世であっても微妙に違うんだなと改めて思った。

そうして懐かしく感じたラードーンの意識の向かう先が、すぐ側で寝ているピュトーンに向けられているのが分かった。

俺の中にいるラードーンは心に直接話しかけるような形だが、その声だけでも彼女が何を見て何を指しているのが何となく分かる。

彼女が【ドラゴンスレイヤー】を喰らって俺の中から離れたのは一日ちょっとしかないが、その間いろいろあった事で、まるで一年以上経ってしまったかのような、そんな久しぶりな感じになった。

『さて……礼を言う』

「え？」

『何を驚く、命の恩人であろうが』

「いやまあ……そんな大げさな事でも」

『我を高く評価するのもいいが、客観的に見て今回は命を救われたのは紛れもない事実だ』

「ああ、うん。まあ……そうだな」

俺はなんとなく気恥ずかしくなってしまった。

他のドラゴンとは違って、初めて会ったのがラードーンで、その後もずっと俺の中にいるのもラードーンだ。

だから、ラードーンの言葉はやっぱりちょっと特別で、そのラードーンに普通に感謝されるのはちょっと恥ずかしいって思ってしまう。

『滅多にない事だ、素直に受け取れ』

「……ああ、そうする」

ラードーンがそう言うのならば、と。

俺は言われた通りに素直にその感謝の言葉を受け取る事にした。

『さて、少し現状把握をしようか』

「ああ。説明しようか？」

『もっと手っ取り早い方法がある。お前の記憶を少しのぞかせろ』

「俺の記憶を？　そんな事ができるのか？」

『長くお前の中にいたのでな』

「なるほど。俺はどうすればいい？」

『多少違和感を覚えるであろうが、我慢しろ』

「分かった」

何が行われるのか分からないが、ラードーンがそう言うのなら、俺は我慢「するだけ」でいいんだろうな、と思った。

その直後に、ラードーンの言う「違和感」を覚えた。

例えるのなら、胸の奥に直接手を突っ込むようなもの——なんだけど、そうなるとそもそも「胸の中に直接手を突っ込む」はどういうものなのかって話になるんだけど。

とにかく、俺は「胸の中に直接手を突っ込まれる」感覚を覚えた。

ちょっと気持ち悪いけど、ラードーンの言うとおりじっと我慢した。

それは一〇秒ほどで終わった。

『……ふむ、大体分かった』

ラードーンの言葉とともに違和感が消えた。

「分かったのか？」

『一部始終な。しかし――』

ラードーンは何故かクスッと笑った。

「ラードーン？」

『いや、魔物達がかわいそうだと思ってな』

「へ？」

あまりにも予想外の話が出てきて、思わず間の抜けた声がでてしまった。

「魔物達？　かわいそう？」

『お前の使い魔になった魔物達の事だ』

「みんながどうかしたのか？」

『お前の命令で、我らの仇討ちをするために全軍出撃したのだろう？』

「ああ」

俺は頷いた。

これも大分懐かしくなってしまった事で、ラードーン達が【ドラゴンスレイヤー】で倒れたあと、俺はガイ、クリス、レイナの三人に全軍出撃を命じた。

『あの者達はお前に心酔している。全軍出撃、などと格好良く命じられれば士気も最高潮に達したであろうな』

「ああ、うん……」

曖昧な相づちを打つ俺。

ラードーンの言う事は分かるが、その一方で頭の中では「だから?」という疑問が取れないままでいた。

『あの時はあの命令を下すのは当然の流れだった。しかしその直後に、お前はもっといい方法を思いついた。いかにもお前らしい、新しい魔法での解決法を』

「うん」

『先に出撃したあの者らは活躍の場を失ってしまった、心酔する主人の役に立つという場を失ったわけだ』

「あっ……」

確かに、と俺は思った。

状況は二転三転して、結局は【ヒューマンスレイヤー】という魔法を生み出せたから、直接乗り込んでパルタ大公トリスタンに直接しかけて、今回の一件を解決した。

それはラードーンの言うとおり、みんなの活躍の場をなくしたという事でもある。

「なんか……そう言われると申し訳ない気分になる」

『まあ、問題はないさ。あの者は少し落ち込むであろうが、何故そうなったのかを詳しく話してやるといい。そうすればむしろ大喜びする』

「え？　なんで？」

『お前のひらめきが通常の戦況の推移を遙かに上回ったという事だ。心酔する連中からすればこれ以上の話もなかろう』

「そういうものなのか」

『うむ』

「分かった、あとでみんなに説明する」

ラードーンがそう言うのならば、と俺はあとで説明する事に決めた。

「えっと……この後はどうする？　もうみんなと合流しちゃっていいのかな」

俺はラードーンにアドバイスを求めた。

トリスタンを締め上げて、【ドラゴンスレイヤー】を解除した。

この時点で今回の一件はほぼ解決したも同然だ。

『それは思い違いだぞ』

「え？」

『何も解決してはおらん。パルタが面従腹背で敵対して来た件は何も、な』

「ああ、うん。なるほど。じゃあどうすればいい？」

『そうだな……』

気配から、ラードーンが珍しく考え込んでいるのが伝わってきた。

が、それもほとんど一瞬だけの事。

時間にして五秒足らずで、ラードーンは言ってきた。

『とりあえず三日間、お前は何もしなくてよい』

「何もしなくていい？　なんで？」

『まず、我の首元に手をかけたのだ。我もいささか頭にきているし、ここにいないもう一人はなおさらだ』

「あー……デュポーンは、うん、めちゃくちゃキレてそうだ」

俺は苦笑いしながら、はっきりと頷いた。

不思議な感じで、つかみ所がないピュトーン。

老成してて、冷静沈着なラードーン。

そんな二人とは違って、情熱的で直情径行なデュポーン。

誰が一番「キレる」のかって聞かれればデュポーンなのは間違いないと俺も思う。

『そのつけを払ってもらおうと思ってな』

「だったら俺も――」

『我もいささか頭にきている』

「あ、うん」

同じ言葉を繰り返され、言葉に割り込まれた。

ラードーンは自己申告したとおり――いや宣告した以上に、「いささか」レベルじゃないくらいキレてるって感じた。

『二度と変な気を起こさないように締め上げようと思う。さしあたっては外交的にやろうと思ってな』

「外交……えっと、うん、ごめん。何も分からない」

『ふふっ』

ラードーンは笑った、楽しげに。

実はそんなに怒っていない？　って思うくらい楽しげに笑った。

『だから何もするなと言っている』

「そっか？　……じゃあ、魔法の研究をしててもいい？」

『かまわんよ。が、その口ぶりだと何かしたい事があるようだな』

「【ドラゴンバスター】っていうのを――は、頭のぞいたから知ってるか。一発で殺すスレイヤーよりも、特効性でとどまってるバスターの方が使い勝手がいいから、いろんなものを作れるだけ作ろうかなって」

『ふふ、なるほどな。ふふ……』

「え？　どうした」

ラードーンは納得した以上の、楽しげな笑い方をしていた。

『なあに、一流と超一流の違いを思い出しただけだ』

「一流と超一流？」

『うむ――芸人で例えるとな、一流は成功者になって金も地位も名誉も手に入れて、それを享受し一般人では決してできない贅沢をし、のぞけない世界をのぞける』

「ああ。超一流は？」

『超一流はな、そこで贅沢をせずに、成功した成果を次の種まきに使うのだ。それが一発屋で終わらず次の成功をして、超一流になれる人間よ』

「なるほど」

ラードーンの言いたい事は何となく分かる。

前世でそういう人間を少なからず見てきた。

一発成功したら贅沢三昧をして、数年経ったらめちゃくちゃな勢いで落ちぶれていく人間は結構見てきた。

そういうのを一流だとして、二発目以降を当てられるのが超一流ってわけだ。

ラードーンの言う事をなるほどな、と思いっきり納得した。

「超一流か……」

『お前の事なんだがな』

「へ？」

芸人と言う話からいきなり「お前だよ」と言われて、俺はきょとんとしてしまうのだった。

.235

「えっと……俺が？」

何を言ってるんだろう、と思った。

すぐにからかわれているのか、と思うようになった。

そうなると、意味のない事はしないラードーンだから、このからかいにも何か意味があるんだろうなと思った――が。

「えっと、どういう事？」

考えても何も思いつかなかったから、ストレートに聞く事にした。

『うむ。我が知っている凡百どもであれば、例の指輪を手に入れた時点でイキり倒しているであろうな』

「例の指輪？」

『ほれ、お前が最初にもらった、大量の魔法が込められたあれだ』

「これの事？」

俺はアイテムボックスを開いて、師匠からもらった古代の記憶を取り出した。

『うむ』

「これを手に入れた時点で……イキり倒す？」

『人間にしては過ぎたる力だ。それを「我が物」にできる時点で、一〇〇〇人――いや一〇〇〇〇人に一人の才覚だ』

「なるほど」

『そのレベルの力を手に入れた人間はもれなく全員が慢心をする、見栄を張る、他者への優位性を見せつけるようになる。我が知るたった一つの例外を除いてな』

「うーん」

なるほど？　と分かるような分からないような、ちょっとだけ困ったような気持ちになった。

この古代の記憶がすごい物なのは分かる。

「それって……もったいないよな。慢心するって事はその先の事を求めなくなるって事だろ？」

『うむ』

「だったらもったいないにもほどがある。この古代の記憶で――」

俺はそう言い、改めてその指輪を見つめた。

古代の記憶を手に入れた時の事は今でも鮮明に思い出せる。

「――もっともっと、魔法でできる事が増えて、見えてくるのに、そこで慢心なんて」

『それを超一流の思考だという話をしている』

「あー、うん」

やっぱりなるほど？　と思った。

いやラードーンの言いたい事は分かる、分かるけど、それが超一流だってのは微妙に納得がいかない。

できる事が増えて、もっと上の世界を、もっと知識の奥をのぞける所まで来たのにやらない理由なんてないって思う。

「うーん」

『ふふっ。おかしな所で悩むものだ』

「え？　いや、だって」

『何ぞ問題でもあるのか？　我は、お前が魔法使いとして超一流だと言っている。人間としてどうか、はまだ評していない』

「……あ」

『魔法使いとしての力量は以前から認めている。この我がだ』

「……確かに」

俺は頷いた。

普段は色々とアドバイスをもらうんだけど、こと魔法の事に限って言えば、ラードーンはほとんど口出しをしてこない。

彼女が言うように、魔法使いとしては認めてくれている。

この我が――あのラードーンが。

あのラードーンが認めているんだから、という事で俺は納得してしまった。

『良かったではないか。魔法使いとして超一流、そのままもっと魔法の研鑽を重ねていけ』

「ああ、そうする」

『交渉は我に任せろ。なあに、悪いようにはせん』

「分かった。ラードーンは俺と違って、何もかも超一流だしな」

『ふふっ、言うではないか』

俺の言葉に、ラードーンは嬉しそうに笑うのだった。

☆

魔法都市リアム、その宮殿。

幹部らが集まる円卓の間に三人の女がいた。

一人は一国の王女でありながら、自らの意志でリアムに降ったスカーレット。

もう一人はメイド服を纏う、リアムによってピクシーからエルフに進化した魔国三幹部の一人、レイナ。

そしてもう一人は幼げな老女、その正体は人間の伝承に残る神竜であるラードーン。

三人は円卓を囲んで座っていた。

「単刀直入に言う。戦後処理をあやつから一任された」

「かしこまりました」

「神竜様に指揮を執っていただけるのは心強いです」

「具体的な方策は我も不得手だ、何しろ竜で、人間の細かい事は分からん。だから方針を伝えて、必要であれば我の力を便利使いしてもらって構わぬ」

「……よほどの目的、という事でしょうか」

ラードーンの言葉を受け、レイナはいつも以上に真顔で聞き返した。

「いいや、我の道楽だ」

「神竜様の道楽？」

「うむ。数百年ぶりに見つけた、心から楽しめる道楽だ。そういう意味では『よほど』なのはあながち間違いでもない」

「もっと詳しくお聞かせ願えますか？」

レイナが言い、ラードーンは頷いた。

「うむ。今回の一件であやつは更に成長した。我らとは違って人間は逆境の中で成長する、そしてあやつの成長はめざましい物であった」

「はい。私達がふがいないのもありますが、ご主人様お一人で私達の進軍よりも早く全てを解決したのは感嘆の一言につきます」

「同感だ。その成長をもっと見ていたくなった――、が、道楽の仔細よ」

「分かりました」

「つまり……神竜様は主に逆境をセッティングしたい――という事でしょうか」

「察しが早い。まあ、この程度の説明で察せる者という事でお前達二人を集めたわけだが」

「きょ、恐縮です」

スカーレットは言葉通り恐縮し、同時に隠しきれないほどの喜びが顔に出た。

もともと彼女はラードーン――神竜を崇拝する者だ。

そのラードーンから直接褒められれば嬉しくもなるというものだ。

「具体的にはどうするおつもりですか？」

一方、ラードーンに対してはさほど憧れを持たず、ただリアムに心酔しているだけのレイナは冷静を保ったまま聞き返した。

「うむ。このあと人間の国と停戦交渉をするはずだな？」

「はい」

「そこでとことんしめあげろ。ギリギリの所で――そうだな、血涙が出るほど悔しいが受け入れるしかないほどの不平等な条件をのませるといい」

「ど、どうしてですか？」

スカーレットは戸惑いながら聞いた。

「我の人生で何回か見た事がある。敗戦国があまりにもキツい条件をのまされた結果、やがて蓄積した怒りが爆発して再度戦事を起こすのをな」

「……はい、よく、あります」

「そしてその時は大抵が死に物狂いになって、前の忌まわしい記憶から降伏のタイミングを逃して最後まで徹底抗戦になってしまう」

「おっしゃる通りです」

「それがあやつにとってほどよい逆境になろう。どうだ？　一国が死に物狂いでやってくる逆境のなかであやつがどう成長するのか、楽しみだと思わんか？」

「承知致しました、そのように進めます」

レイナはそう言い、腰を折って深々と頭を下げた。

スカーレットも一瞬戸惑いはしたが、リアムのため、そしてラードーンのため。

彼女もまた、すぐに迷いを振り払って、ラードーンの命令を受け取った。

「お任せください。パルタ公国、神竜様と主のため、生かさず殺さず、限界ギリギリまで絞り上げます」

そう話したスカーレットはレイナと見つめ合い、頷き合ったのだった。

.236

「ダーリン!!」

「おっと！」

庭で精神集中して魔法を――となった瞬間、真横から声とともにタックルをされた。

全くの無防備だったから、その勢いのまま尻餅をついてしまった。

「いたたた……デュポーン」

そのまま腰のあたりにしがみついてきたのは、見て確認するまでもなくデュポーンだと分かった。

ツインテールの少女は俺に抱きついて胸板のあたりに顔を押しつけてスリスリをしている。

「ありがとうダーリン！　あたしを助けてくれたのダーリンだよね」

「ああ、うん」

「ありがとうダーリン！　命の恩人！　大好き！」

「体はもう大丈夫なのか？」

「もちろん！　今ならあの国を地上から消し去る事もできちゃうもんね」

腰にしがみついたまま顔を上げるデュポーン。

無邪気な顔ですごく上機嫌だが、放った言葉はやばいとしか言いようがない。

「消し飛ばさなくていいぞ」

「うん、ダーリンがそう言うのならそうする！」

「……いいのかそれで？」

ちょっと不思議がって、聞き返した。

「聞き分けがいいな」という言葉はのど元のあたりで飲み込んだ。

デュポーンからすれば、俺は命の恩人だ。

そしてそれなら、パルタ公国とかトリスタン大公とかは自分を殺しかけたにっくきかたきだ。

そんな相手なのに「うんいいよ」というの軽いノリだと、逆に不安になってしまう。

「あんな虫けらに興味ないもん、そんな事よりもダーリンに命を助けてもらった事の方が嬉しいもん」

「そうなのか」

「あのね、ダーリン」

「え？」

俺にしがみつくのをやめて、体が離れた。

互いに地べたに座る体勢で、デュポーンはしっとりとした目で、俺を見つめてきた。

「あたし……今まで何回も生まれ変わって、何千年と生きてきたんだけどね」

「ああ、うん」

「何千年と生きてきた中で命を助けられたのって初めてなんだ！　それがね、すっごく嬉しい！　ドキドキしてるの！」

「あー……」

なるほど、と妙に納得してしまった。

命を助けてもらったのは初めてと言う話は、彼女の正体を考えればいかにもそうだなという納得感が生まれた。

「あのね……ダーリン。人間の女の子みたいにして……いい？」

「いいけど、人間の女の子って――」

なんだ？　と言い終えるよりも早く、デュポーンの顔が迫ってきた。

決して速くはなかった。

デュポーンの力量を考えれば目にも止まらぬ速さで、それの数百倍の速さで動けそうなものだが、そうじゃなかった。

デュポーンは見た目通りの、か弱い女の子とまったく同じくらいの速さで顔を近づけて、俺にキスをした。

チュッ、と触れるだけのキス。

ほんの一瞬、一呼吸にも満たないほどの短いキス。

そんなキスをしたデュポーンは、「えへへ」、と。嬉しそうにはにかんだ笑顔になった。

「普通の女の子だったらこれくらいだよね」

「うん、そうかも」

その辺は俺も詳しくないけど、多分そうじゃないかと思った。

「えへへ……変なの？」

「変？」

「うん。ちょっと触れただけなのに、こう、エッチする時のキスよりもずっと嬉しい」

「……なるほど」

そっちはまったく分からなかった。

命の恩人に「ちゅっ」くらいの軽い感謝のキスは「多分そうじゃないか」と思えるが、この軽いキスがエッチするときのキス、たぶん濃厚さバリバリのキスよりも気持ちいいというのはまったく理解できなかった。

できなかった、が。

「えへへ……」

デュポーンはものすごく嬉しそうにしてたから、それでいいかなと思った。

同時に、もうちょっと何かしてあげたくもなった。

ここまで嬉しそうにしてくれるんなら何か嬉しくなってくれるような事を、こっちからもしてあげたいなと思った。

何かないかな、何か。

そう思っていると、デュポーンの表情と、彼女がしきりに口にした「普通の女の子」という言葉が一つの答えにつないでくれた。

俺は立ち上がって、庭の外れに向かっていく。

「ダーリン？」

地べたに座ったまま、不思議そうに俺を見上げてくるデュポーン。

俺はそのまま、庭の外れに向かっていった。

そこで咲いている花、確かエルフメイド達が維持している花壇から花を一輪摘んで、戻ってくる。

それを不思議そうにしているデュポーンに、髪飾りのようにして、耳に引っかけるようにして飾ってあげた。

「プレゼント」

「――っっ、ダーリン!!」

数秒かけてめちゃくちゃに「溜めて」から、デュポーンは再び俺に抱きついてきた。

そして「嬉しい」「ダーリン」を交互に連呼して、全力でその嬉しさを表した。

それをひとしきりやってから、彼女ははっとした顔になって。

「どうしよう！　ダーリンからのプレゼント、これ絶対永久保存しなきゃ」

「え？　いや別にそんな大した――」

「時の秘法で止めちゃった方がいいかな！　それとも永久凍土の中に封印した方がいいかな！」

「えー、いやいや」

めちゃくちゃ大興奮しているデュポーン。

その口からはいくつものめちゃくちゃすごそうな言葉が飛び出してきた。

それはすごい事の数々だけど、どれもこれもデュポーンだったらできそうだと妙に納得した。

「とにかく保存しなきゃ！」

デュポーンはそう言い、俺が耳にかけてあげた花を大事そうに、世界で一つしかない宝物かってくらい大事そうな手つきで抱え持って、そのままどこかに飛んでいった。

嵐のように来て嵐のように去ったデュポーン。

「嬉しそうだし良かった、かな」

俺はふっと微笑んで、空の彼方に消えていくデュポーンを見送った。

「どうやって保存するのかが気になるな」

戻ってきたら聞いてみようと思った。

その、次の瞬間。

「――っ！」

白い稲妻が脳裏を突き抜けていたかのようなひらめきを感じた。

「デュポーン……保存……」

その二つの言葉が脳裏をグルグル巡った。

「デュポーン……保存……デュポーン……保存……」

その二つのキーワードをつぶやきつつ、曖昧だったひらめきを、頭の中に浮かび上がってきたものをはっきりとしたビジョンに整理していく。

やがてそれは、霧が晴れたかのようなはっきりとしたビジョンになっていった。

「デュポーン」

そうつぶやき、【アナザーディメンション】を唱える。

目の前に次元の裂け目が出現する。

「保存」

更につぶやき、【アイテムボックス】を唱える。

目の前に物をしまう異次元の空間が出現する。

【アイテムボックス】の口と、【アナザーディメンション】の裂け目をぴったり合わせる。

やがて、向こうから隕石が飛んできて、【アイテムボックス】の中に入った。

「……」

俺はドキドキするのを押さえつつ、アイテムボックスの中に手を突っ込む。

すると、中に。

「あったぞ！」

興奮を抑えられない。

【アイテムボックス】の中で、隕石が崩壊せずに残っていたのだった。

.237

【アイテムボックス】の中に手を突っ込んだまま、隕石をわしづかみにする。

【タイムストップ】でやったときと同じように、隕石を魔力に変換していく。

【アイテムボックス】の中は【タイムストップ】と同じように、時間の流れが完全に止まっている。

それが【タイムストップ】と違って魔力の持続消費なしで維持できるから、ゆっくりと異世界の隕石を魔力化する事ができた。

「……【パワーミサイル】、連射」

少し考えて、使っていない手を空に突き出して、一番シンプルな魔法【パワーミサイル】を連続で打った。

同時に多数打つのではなく、連続で打ち続ける。

片手で隕石の魔力化をしつつ、もう片手で魔力を放出し続ける。

過去のラードーン達の維持をしなくてよくなったから、俺の魔力はかなり回復してる。

満タンといってもいいくらいの量だ。

隕石から魔力化すると確実に俺のキャパを超える。

だからゆっくりと魔力化する一方で放出もやり続けた。

「……ああ」

体の中である感覚を見つけて、俺はやり方を変えた。

そういう物があるわけじゃないけど、魔力は体の中に貯蔵庫――まあツボに注がれた水の様な感覚で存在している。

それを今までの俺は、片手で隕石から「水」を「ツボ」に注いでから、改めてツボから水を掬いだして魔法にしている。

よく考えたらそんな必要性はまるでなかった。

魔力をツボに溜めずにそのまま放出する。

入れて出すではなく、素通しさせる。

そうする事で魔力の取り込みと放出がスムーズになって、体への負担もかなり減った。

【アイテムボックス】から【パワーミサイル】へ直結して、魔力をとにかく流しっぱなしにした。

「〇・一………〇・二………〇・三………」

体を素通ししていく魔力を体感で数える。

俺が持つ最大魔力――「ツボ」の最大容量を一とした場合、流れていく隕石の魔力をカウントする。

パルタともめてる間はやってる余裕はなかったけど、落ち着いた今やっておくべきだと思った。

それが一を超えたあたりでやっぱりすごいと思った。

サイズにもよるが、隕石一つで俺の最大魔力よりも多いのはすごい事だと思った。

そうやって、魔力変換を続けていると、空の向こうからデュポーンが戻ってきた。

高速飛行で戻ってきて、俺の側に着陸してきたデュポーンは、俺がやってる事を見て不思議がった。

「ただいまー。ダーリン何してるの？」

「ああ、うん。異次元の物を魔力に――って分かるかな」

「え？　ダーリンそんな事もできるの？　すごい!!」

「前世のデュポーンから教えてもらったんだよ」

「そうなの？」

俺はデュポーンに事のいきさつを話した。

同じような性格ではあるものの、今のデュポーンは前世のデュポーンに比べてどこか幼い雰囲気がある。

前世のデュポーンはいい意味で蓮っ葉というか、サバサバ感があるのにたいして、今のデュポーンはほとんど見た目通りの、一〇代の活発な女の子って感じだ。

俺の説明を聞いている間も「そうなの!?」「すごい！」を連呼していた。

「すごいって言うけど、これデュポーンから教わった事だぞ？」

「そうだけど。でもあたしじゃそういうやり方は絶対思いつけないもん」

「そうなの？」

「うん！　だって魔力が足りなくなる事なんて一度もなかったもん！」

「そうなのか？　ラードーンと喧嘩してたときも？」

「あんなの相手に魔力使い切るわけないじゃーん」

デュポーンはあっけらかんに言って、俺に抱きついてきた。

……あっけらかんのように見えて、ちょっとだけとげみたいなのを感じた。

特に「あんなの」の所に力が入ってた。

ラードーンとはやっぱりまだまだわだかまりが残ってるんだな、と不意打ちのような形で痛感させられた。

「仲良くは――いやなんでもない」

「……」

デュポーンは何も言わなかった。

俺が言いたい事は察しているだろうが、何も言わなかった。

そんな無言のやり取りで気が散った事もあって、俺は【パワーミサイル】の連射の手をひとまずそこで止めた。

「それよりもやっぱりダーリンすごいよ。それを使えばもう絶対魔力切れしなくなるよね」

「……そうでもないと思う」

「え、なんで?」

デュポーンはきょとんとなった。

「隕石なんていくらでも取れるじゃん?」

「魔法が使えない場面には無力だから」

「どういう事? あっ、組み合わせだから? ここからダーリン得意の一つにパッケージにするのをまだやってないからだね」

「それはあとでやるけど、そうじゃない」

「じゃあなんで?」

「このやり方――【アナザーディメンション】と【アイテムボックス】の組み合わせって、要するに『魔力回復状態にする魔法』だから」

「うん、そうだよね――って、あっ」

デュポーンははっとした。

見た目は幼くて可愛いだけの少女に見えていても、彼女も神竜の一人。

すぐに俺が言いたい事が分かった。

「封じられたり、そもそも立ち上げの魔力が足りなかったり。魔法を使えない場面って人生の中に結構ある。そういう場面だとまったくの無力になっちゃう」

「ずっと出しっぱにすればいいじゃん?」

「それだと【アイテムボックス】がどうなるか恐い。一個の隕石でも俺の魔力よりも遥かに大きいから、ずっと出しっぱなしで隕石取り込み続けたらどうなるのかがちょっと恐い」

「パンクしちゃうって事？」

「可能性はあると思う。改良すればいいんだけどそれよりも」

「それよりも？」

「できれば抜本的な解決法にしたい、小手先の調整だけじゃなくて」

「そっかー」

さてどうすればいいかと、頭を巡らせた。

小手先の解決策ならいまこの瞬間にもすでに二〇通りくらい思いついている。

だけど俺は自分から自分の不得意な分野に首をつっこんでしまった。

魔法が使えない状況、言い換えれば魔法を使わない状況での解決策をほしがってしまった。

「方法、一個あるよ」

「どんなのだ？」

「腹立つけど、あたしとあいつらが協力すれば解決するよ」

「あいつらって……」

腹立つって事は——。

「ラードーンとピュトーン？」

デュポーンは無言で頷いた。

本当にいやそうだけど、いやなんだけどダーリンのためなら、という顔をしている。

何をどうする話だいったい？

.238

訝しみ、デュポーンに聞き返してみた。

「何をどうするんだ？」

「……」

デュポーンは唇を尖らせて、拗《す》ねた感じの表情を浮かべた。

自分で言い出してなぜ——とはまあ、思わなかった。

彼女達が犬猿の仲、いやそれ以上の仲なのはもう分かり切っている。

本当は名前を口に出したくもないんだな、と、不思議に思うどころか理解がより深まったとさえ思った。

その一方で、そこまでいやがっててなお名前を出すデュポーンの提案の内容がますます気になった。

「三人で何かするのか？」

「三人っていうか、ダーリンも含めてっていうか」

「俺も？」

「うん、そう。……そうだよ、ダーリンもだもんね」

デュポーンはそう言い、自分の言葉で何かを再確認するかのような感じで、ここにいない他の二人への嫌悪感を追い払うようにして、笑顔を作って俺に向けてきた。


「あのね、ダーリンが『向こう』から魔力をもらってくるのを一つの魔法にしたとするじゃん？」

「ああ」

「それをダーリンだけじゃなくて、あたしたちにも使えるようにすればいいの」

「デュポーン達にも？　でもお前達は向こうの魔力に頼る必要はないだろ？」

「ううん、あたし達も、ダーリンのためにそれ使えるようにするって事」

「……ああ、俺対象の魔法を、三人にも使えるようにするって事か」

「うん！」

デュポーンは無邪気な表情で大きく頷いた。

こうしてラードーンやピュトーンの事が絡まない彼女は本当に年頃の可愛らしい女の子のように見える。

「話は分かったけど、なんでそんな事を？」

「ダーリンが気にしてるのって、何かの状況でダーリンがその魔法を使えなくなると困る、って事じゃん？」

「ああ」

「よく考えて？　ダーリンと、あたしたち三人合わせて四人」

「ふむ」

俺は言われたとおりにするため、何となく自分含めた四人の姿を頭の中に思い浮かべた。

魔法の話をするだろうから、何となく四人とも人間の姿で、魔法を詠唱するようなポーズをとっている。

「この四人が同時に魔法を使えないような状況ってありえないじゃん？」

「……ああ」

ここでデュポーンが言いたい事が分かった。

そして、そう言いだした理由も分かった。

「【ドラゴンスレイヤー】か」

「ああん！　さすがダーリン！」

デュポーンは感極まった様子で、俺に飛びついて、ぎゅっと抱きついてきた。

「おっと」

俺はとっさにデュポーンを受け止めて、押し倒されないようにふんばった。

彼女の反応からして正解で間違いようだ。

【ドラゴンスレイヤー】――というより【ドラゴンスレイヤー】のあの一件。

あれがデュポーンにこの提案をさせた。

「なるほど。【ドラゴンスレイヤー】でお前達三人は倒れた」

「そっ。本当はね、あたしら三人でいいって思ったけど、あれがあったからダーリンを入れたの」

デュポーンは俺に抱きついたまま、何よりも笑顔のまま、俺を見上げてきて。

「ダーリンも含めて全員が魔法使えなくなる状況なんてありえないじゃん？　もう」

「……なるほど」

デュポーンにそう言われて、俺は少し考え込んだ。

魔法に関して、ありとあらゆる可能性を想像した。

俺、ラードーン、デュポーン、ピュトーン。

この四人が揃って、全員が魔法を使えなくなってしまう状況。

デュポーンの言うとおりだと思った。

そんな状況、かなり真面目に考えてみたけど、確かにないだろうなと思った。

思った――けど。

「いいのかそれで」

「あいつらと一緒はいやだけどさ」

デュポーンはまたまた、さっきと同じように唇を尖らせた。

が、それも一瞬だけ。

すぐにまた笑顔を向けてきた。

「ダーリンのためだもん、我慢する」

「我慢か……」

「あっ、本当に大丈夫だよ？　あいつら今でも死ぬほどむかつくけど、でもダーリンの力になれる方が嬉しいから」

「……うん」

俺は小さく頷いた。

デュポーンの言葉は本音なんだろう、と理解した。

我慢は我慢だけど、大して無理をしているわけじゃない、っていうのは雰囲気で伝わってきた。

だから俺は考えた。

デュポーンに何があっても命綱として成り立つような魔法を考えた。

「……まずはテストしたいな」

「テスト大事だよね。なんか協力した方がいい？」

「えっと……なんか虫か小動物がいた方が——」

「こういうの？」

デュポーンの姿が一瞬ブレた——かと思えば、何かを持って俺に向かって突き出してきた。

それは蜂だった。デュポーンの柔らかそうな手につかまれているのはまだ生きてる一匹の蜂だった。

「いつの間に？」

「今とってきた」

「すごいな」

事もなさげに言ってのけるデュポーン。

やっぱり「神竜」だなと改めて思った。

魔法を使えば彼女達のいる高さに近づけそうな気はするけど、そうじゃない普通の時、普段の身体能力は比較するのもおこがましいって思った。

そんな事を考えながら、デュポーンから蜂を受け取った。

まだ生きてる蜂を受け取って、逃がさないように、それでいてつぶさないように。

直接触れずに、魔力の固まりを放出して、生地で餡《あん》を包むように魔力で蜂を包み込んだ。

そして――。

「【ピタゴラス】」

「あれ？」

俺が蜂にかけた魔法を見て、デュポーンはきょとんとなった。

「それ……普通にある魔法だよね」

「ああ」

「ダーリンが新しい魔法を作るんじゃなかったの？」

「その前のテストだ」

俺はそう言い、パチン、と指を鳴らした。

【ウインドウカッター】で蜂を真っ二つにした。

真っ二つに切り裂かれて絶命した蜂が、全身から光を放つ。

「……うん」

「どういう事？」

「いま、この蜂が死んだら光るように魔法をかけといた」

「うん、それは分かる」

「それと同じように、デュポーンに何かあったら、前世のデュポーンを召喚する魔法を作ろうって思う」

「前世のあたし？」

「【ドラゴンスレイヤー】で分かった事がもう一つあるだろ？」

「……あ」

少し考えて、はっとするデュポーン。

「そう。デュポーン達三人もそうだけど、デュポーン達も、同時に魔法使えなくなる状況なんてない、って」

デュポーンに説明した、俺が考えた、デュポーンのアドバイスから作ろうとする魔法。

デュポーンに何があっても――命綱として成り立つような。

そんな考え方、彼女に「嫌い」をおしつけないですむ方法をデュポーンに言うと。

「ダーリン大好き!!」

彼女は再び俺に飛びついて。

今度は勢いをまったく受け止めきれず、そのまま押し倒されてしまうのだった。

.239

「あっ……」

「何かあったのダーリン？」

俺を押し倒して、腰にしがみついた体勢のまま、上目遣いで見つめてくる。

「ラードーンが戻ってきたんだ」

「……そう」

ラードーンの名前を出した途端、デュポーンは唇を尖らせて拗ねてしまった。

「あいつもういるの？」

「ああ。もういいのかラードーン？」

俺は自分の中にいる――自分の中に戻ってきたラードーンに問いかけた。

『うむ。あとは任せてきた』

「任せてきた？」

『しばらくは政治と外交を実行する段階、我の出番はないからな』

「俺なんかもっと出番なさそうだ」

『そうでもない』

「え？」

『締め上げればパルタの下のものたちが破れかぶれで襲ってくるかもしれん。その時が出番だ』

「倒せばいいのか？」

『無慈悲にな』

「分かった」

ラードーンからのオーダーをしっかりと受け取った。

外交で何をしているのかは言わなかったし、俺も聞こうとは思わなかった。

聞いてもどうせ分からないしな。

「あっ……」

「こんどはどうしたのダーリン？」

「街灯がついた」

「うん、ついたね」

デュポーンはそう言い、起き上がった。

彼女が俺の上から退いたから、俺も起き上がって、立って辺りを見まわした。

未だに無人の魔法都市、西日が落ちていくなか、街のあっちこっちにある街灯が徐々につき始めた。

「ねえ、あれってダーリンが作った物だよね」

「ああ」

「誰もいないこの街の事を見るのは初めてだけど……すごいね。誰もいなくても明かりがかってにつくんだから」

「そういう風に作ったから」

返事をしつつも、俺はあっちこっちの街灯をながめていた。

「うーん……なんかへんだな」

「え？　なんかって？」

「それは――あっ」

「おかしい」の内訳を探ろうとしたら、それよりも先に異変が現われた。

あっちこっちでつき始めた街灯が一つまた一つ消えていったのだ。

やがて全部が消えて、街全体が薄暗くなってしまった。

「何があったの？」

「……魔力切れ、だな」

「魔力切れ？」

デュポーンは首をかしげ、聞き返してきた。

「街灯もそうだけど、この街の都市魔法のエネルギー源は全部魔晶石、ブラッドソウルでまかなってるんだ」

「そうなんだ？」

「それで、その魔晶石を使い切らないように、街のみんなが生活で余分に出てる――余剰魔力っていえばいいのかな、そういうので循環するような仕組みにした」

「それって……」

デュポーンは少し考えたあと、言った。

「人が住んでたらずっとまわり続けるって事？」

「そういう事だ」

「すごい！　そんな風にしてたなんてダーリンすごい！」

デュポーンはかなり大げさに俺に抱きついてきた。

彼女にこのあたり説明した事なかったっけな……って思ったけど、今は目の前の状況が気になったからそれはおいておく事にした。

『それが消えたという事は……そうか』

「ああ」

俺はうなずいた。

「魔物達が総出で街から離れて数日たつ。循環で戻る魔力はないのに街を維持する街灯その他の魔法は魔晶石を消費し続けてる――完全にガス欠だ」

「それってみんなが戻ってくれば戻るんでしょ？」

「……ああ、魔法網――システムに破損とかないから。再起動にちょっと大きめの魔力がいるけど」

「じゃあ！　それをあたしにやらせて」

「デュポーン？」

「ダーリンのために何かしたいの、ね！」

「あ、ああ。じゃあ魔物達が戻ってきたら頼む」

「今やってもどうせきれるもんね。分かった！」

デュポーンは快く引き受けてくれた。

というより、やる気満々だ。

その一方で、俺は考え続けていた。

『どうした』

「あの時は魔力の循環でいいって思ってたけど、こういう事もあるんだな、って」

『うむ。街をからにするなど普通は予想もしないだろうからな』

「これが例えば――魔物スレイヤーで全員が寝てしまったら、やっぱりブラッドソウルがきれるよな、って」

『ふふ、その場合は街の機能よりも皆の命ではないのか？』

「あくまで可能性の話だよ」

『そうだな』

俺はかなり真剣に考えてみた。

前にやったときは、街の魔力循環はあれで完成した形だと思っていた。

完成した形だから、それ以上手をつけるつもりもなかった。

だけど今欠陥というか、欠点が見つかった。

魔法の欠点を見つけてしまうと、それをどうにかしたいって思ってしまうのが今の俺だ。

何か代わりの物はないのか、と考える。

普段はブラッドソウルの循環でいいけど、その予備になる物を。

「……いや」

ブラッドソウルにこだわる必要はないのかも知れない。

あの頃に比べてまた少し魔法に詳しくなった。

できる事も多くなったし、扱える魔力も増えた。

今ならもっと違う、もっといいやり方があるはずだ。

「……」

『行き詰まったか』

「ああ、いや」

俺は首を振った。

「大きくて持続で魔力を流す方法はもうあるんだ」

『ほう？　もうか、すごいな。だったら何を悩んでいる？』

「誰か管理者をつければ簡単だけど、全自動化するにはどうしたらいいのかって――ほら、今回のも半自動だけど魔物達がいなくなって止まったから」

その先に行くには全自動化したいなと、俺はそうするための方法を考え続けたのだった。

.240

リアムの部屋の中。

リアムは椅子に座っていて、目の前のテーブルに魔晶石ブラッドソウルのかけらを置いて、それをじっと見つめていた。

少し離れた所で人の姿になったラードーンとデュポーン、そして眠りから覚めてピュトーンがやってきて。

少女姿のドラゴンたちが三人で向き合っていた。

その中でも、戻ってきたばかりのピュトーンが、一心不乱なリアムの姿を不思議がった。

「彼、何をしているの？」

「魔晶石の『溶け方』を観察していると言っていたな」

「溶け方？」

「うむ。それが次の魔法をどうこうするために必要な事だと言っていた」

「そう……」

「ああん、研究熱心なダーリンも素敵！」

「邪魔をするでないぞ」

「しないわよ！　あんな素敵なのにぶち壊すなんて。あんたじゃあるまいし」

「ほう……我の事をどう思っているのか、一度その体にじっくり聞く必要がありそうだな」

「やっぱりあたしに喧嘩売ってるのあんた。いいよ？　ぶっ殺してあげるからかかってきなよ」

「やめなよー。殺し合いはピューが寝たあとにして」

部屋の中、一触即発の剣呑な空気になった。

デュポーンはストレートに怒りの形相になり、ラードーンは表情こそ笑っているが目がまったく笑っていない。

ピュトーンもふわっとしているが、言外に「それ以上やったらぶち殺すぞ」と殺意を隠そうともしない。

元々殺し合いをしていた三人は、何かある度にこうして一触即発の状態になってしまう。

もっとも、これも過去の彼女達を知る物からすればかなり平和になったと驚かざるをえない状況だ。

そうやって彼女達が平和になったのも――。

「――やめよう。ここであやつの思考の邪魔をしたくない」

「むっ……確かに。ダーリンの邪魔はしちゃだめだよね」

ラードーンが先に矛を収めて、デュポーンもそれに乗っかった。

三人が殺意をぶつけ合う中、リアムはまったく動じず、それどころか気づいてもいないくらいの感じで、ひたすら魔晶石ブラッドソウルの観察を続けていた。

「さて、少し真面目な話をしようか。そのために我が出てきたのだ」

「何さ。話があるんならちゃちゃっとして」

「面倒臭いからもう寝ていー？」

「あやつをどうするのか、それを一度言葉として聞いておきたくてな」

ラードーンはピュトーンの言葉を無視して、話を進めた。

「どうするのかって？」

「どうしてあげたいのか、と言い換えてもいい。特にお前は惚《ほ》れた相手の種族にちょこちょこなるくらい献身的なのだろう？」

「いいジャン別に」

「悪いとは言っていない。実際、相手の男に取った天下を献上もしていたのだろう？」

「だからいいじゃん別に」

「だから悪いとは言っていない」

「だったら何よ！」

「けんか腰にならんで黙って聞け」

デュポーンとラードーンはまたまた一触即発の険悪ムードになった。

「きいてどうするの？」

ピュトーンがやはり殺気は出しつつ、しかし少しだけ話を先に進めた。

それをうけて、ラードーンも少しだけ殺気を抑えて、答えた。

「まずは確認。かぶらぬのならそれでよし」

「……まっ、確かにかぶったらやだもんね」

「そういう事だ。世界を代わりにとって献上するなどまさにな。世界は一つしかない、そして――」

「この三人なら誰でも普通にとれる」

ピュトーンが言い、他の二人も小さく頷いた。

「そうだ。大抵の事は我らなら一人でもやれる。かぶらなければよし、かぶるのであれば――」

「ここで誰かに退場にしてもらうしかないわね」

「……」

デュポーンが言い、真っ先に殺気を高めた。

ピュトーンは無言だったが、やはりリアムに懐いているからか、デュポーンに対抗するような形で殺意を剥《む》き出しにした。

ラードーンも同じだった――が、こっちは対話の発起人と言う事もあってか、あるいは既にデュポーンとぶつかってピュトーンにたしなめられたからか。

やや抑えめに話を続けた。

「殺し合いは全員が表明したあとでも良かろう。かぶらなければ何も問題はないのだからな」

「まっ、それもそっか」

「……うん」

「お前はどうするつもりだ」

「ダーリンを世界の覇王にする！　決まってるでしょ。ダーリンが言ってくれたら明日にでもここに世界中の首脳の首をならべるよ」

「分かりやすいな、そうだとは思っていた」

「何よ、悪いっての？」

「いいや。分からん話でもない。我もメスだからな」

「ふん……かっこつけちゃって。そっちのあんたは？」

「ぴゅーは彼とえっちしたい」

「それは予想してなかった。直截にもほどがあるのが貴様らしいが」

「ぴゅーとふれあっても大丈夫な人は何百年ぶり。ふれあえる存在で、一番都合のいい存在になりたい」

ピュトーンの告白はあけすけだったが、ラードーンもデュポーンも驚きはせず、否定はしなかった。

今現在の自分達の考え方とは違うが、「数百年ぶりに巡り会えた希有な人間」という意味ではピュトーンとデュポーンの出発点はまったく同じだからだ。

「そういうあんたはどうなのよ」

「我か？　ふふ、我ながら茨の道を選んだのかもしれんと自分で思っている所だ」

「まわりくどいわね、さっさと言いなさいよ」

「分からないけど、かぶらないだろうから、べつにいい」

「そうかもしんないけど、言いなさいよ」

「うむ」

ラードーンは頷き、一度リアムの方を見て、言った。

「あれほどひたむきな子だ、望むなら魔法を極めるまでサポートしてやろうと思ってな」

「うーわー、ふわっとしすぎ」

「どこまでが『きわめる』なの？」

「我ながら茨の道と言っただろうが」

「ま、そうね」

デュポーンが言い、三人は一度視線を絡ませ、やがて頷き合った。

「って事は誰もかぶらなかったって事ね」

「そういう事だな」

「めんどうくさくなくて、いい」

「あとはまあ、一つだけ分かった事もある」

「そうだな」

「うん」

三人はまた頷き合って、リアムの方を見た。

三人の共通認識、それは、リアムの敵は自分の敵。というものだった。

彼女達の事を昔から知っている物であれば驚きだっただろう。

限定的とは言え、この三人が同じ目的のために、ある意味手を取り合うなんて。天と地がひっくり返ってもあり得ない事だったからだ。

それを成し遂げたリアム。

本人は自分が成し遂げた事の大きさをまったく理解していなくて。

ただひたすらに。

「法則性……ありそうなんだけどな……」

憧れ続けて、今は手が届く魔法の事だけを考えていたのだった。

.241

「うーん……あっ」

目の前で魔晶石が弾けた。

観察するために小さく分けた魔晶石が魔力を放出し続けてる。その過程はまるで氷が溶けるのとほぼ同じような見た目だった。

その魔晶石がまた一つ「溶けて」消えてなくなった。

「これも違ったか……」

俺ははあ、とため息をついた。

ここしばらく、ずっと魔晶石の「溶け方」を観察している。

街のインフラに使う魔力、魔晶石がなくなったのを改善するために、魔晶石がなくなる瞬間を何度も観察していた。

なくなるときに起きる現象とかその時の魔力の動きかたとか起きる事にパターンとかがあれば、それに合わせてアナザーディメンション起点の魔力取り出しを仕込めるからだ。

そう思ってずっと観察しているが、今の所見つかっていない。

「なんかあるはずなんだ……次行こう」

そう思って、新しい魔晶石を取りだそうとしたその時、ドアがコンコン、とノックされた。

俺一人しかいない自分の部屋の中で、ノック音がヤケに大きく響いた。

「はーい？」

誰だろうと思いながらドアに向けて応じると、そのドアがゆっくりと開かれた。

「リアムくんただいま」

「アスナ、それにジョディさん」

現われたのはこの街では少数派の人間、アスナとジョディの二人だった。

アスナが先に入ってきて、ジョディはドアを閉めながらアスナのあとについて入ってきた。

「二人とも、帰ってたんだ」

「うん！」

「ついさっき戻ってきたばかりよ」

「そっか。お疲れ様」

「全然。あたし達の出番なんてなかったもん。ねえ、ジョディさん」

「そうね」

アスナに水を向けられたジョディは頬に手を当てて、いつものほんわか笑顔で答えた。

「目的地に着いたらもう街のみんなが全員倒れてたものね」

「【ヒューマンスレイヤー】のあとだったのか」

「何それ、魔法の名前？　なんか格好いいね」

「人間だけを殺す魔法？　そんなものがあったのね」

ジョディはやや驚いた様子で言った。

今回の一件は【ドラゴンスレイヤー】に端を発した事で、彼女は【ドラゴンスレイヤー】から【ヒューマンスレイヤー】の効果に当たりをつけたようだ。

「なかったけど、作った」

「あらあら……相変わらずすごいのね」

「はえ……作ったって、あっさり言うんだからすごいよね」

「リアムくんだものね」

「というか、一人で何してたの？　魔法の練習？」

「ああ、いや」

俺は二人に説明した。

アスナとジョディを含めて、全員がこの街を出てしまった事で「魔力のうんこ」がなくなって、魔晶石ブラッドソウルが完全になくなって、街灯すらつけられない状況になった事を説明した。

「それで切れたときに自動で何とかするための魔法を考えてたんだ」

「なんかすっごい事考えてたんだね」

「大事な事なのね。邪魔したら悪いかしら」

「ああ、いや」

俺は首を振った。

ジョディが少し申し訳なさそうな顔をしてたので、そんな事ないと言った。

「行き詰まってたし、ちょっと気分転換しようと思って」

「だったらちょうどいい！　あのね、すっごいおいしい食べ物を見つけてきたの」

「すっごいおいしい食べ物？」

アスナがここまで興奮しながら言う食べ物ってなんだろう？　と興味を持った。

「うん！　あたし達が行った街の特産らしいんだ。すごいよ？　みんな昏睡してたのに、目が醒めてから半日もしないうちに街はいつも通りに戻ったの」

「まあ、そうだろうな。【ヒューマンスレイヤー】はタイムリミット前に解除すればまったく後遺症がないように作ったから」

「えーでも、みんな倒れてたらしばらく混乱しない？」

「あー……なるほど？」

アスナに言われるまでそんな考えがまったく頭になかった。

でも実際は混乱もなかったから、アスナの考えすぎなんだろうと思った。

「それはいいけど、その食べ物って?」

「あっ、うん。これ」

アスナはそう言い、紙袋を取り出した。

大きさや膨らみ方からして――。

「パン? とかかな」

「惜しい!」

「惜しいのか。じゃあどういうのなんだ?」

「それは食べてのお楽しみ。ちょっとキッチン借りるね、温めるから」

「ああ、それなら俺がやるよ」

俺はそういい、手をかざして魔法を唱えた。

召喚魔法を唱えて、精霊を召喚した。

「ノーム、サラマンダー」

光が溢れて、土の精霊ノームと炎の精霊サラマンダーが召喚された。

可愛らしい見た目の精霊は俺の方を向いて、無言で命令をまった。

俺はすぐには命令せずに、アスナに向いた。

「それを温めればいいのか? 蒸すかんじで?」

「うん!」

「じゃあノーム」

名前を呼ぶと、ノームは応じて、アスナの方に向き直った。

そしてどこからともなく土を呼び出して、アスナが持つ紙袋を包んだ。

みるみるうちに、紙袋だったのがまったく同じ形をした「土袋」になった。

「サラマンダー、ゆっくりと温めろ。食べ物だから焦がさないようにな」

今度はサラマンダーが応じて、炎でできたような体でノームの土袋を包み込んだ。

炎が土の塊を焼いて、温めていく。

「こんなのでいいの？」

「塩釜焼きね」

アスナの疑問をジョディが答えた。

「塩か、俺が知ってるのは泥だけど」

「どろ？」

「そう。泥で芋を包んで、そのままたき火の中に放り込む。すると芋は焦げずにいい感じに焼けてくれるんだ」

「へえ、そんなのがあるんだ」

そうこうしているうちに、サラマンダーから「できた」という合図がきた。

命令を達成したサラマンダーとノームは消えて、俺達の元にいい感じに温まった土袋が残った。

アスナはそれを受け取って、「あちち」と言いながら土を剥《は》がしてく。

土が剥がれると、湯気とともに芳しい食べ物の香りがあふれ出した。

「はい、これ」

「これは……肉まん？　でもちっちゃいな」

アスナが渡してきたのは手の平に載る程度の、一口サイズ程度の肉まんみたいなものだ。

白い皮は普通のより薄くて、中身がなんかの肉であろうというのは皮越しに見える。

「食べてみて？」

「ああ、頂きます……あちっ」

一口サイズだったから、半分くらいをかじって——の、その瞬間。

中から熱い汁が一気に噴き出して、口の中に充満した。

「あちっ！　うまっ！」

汁は肉汁で、めちゃくちゃ熱かった。

同時にめちゃくちゃうまかった。

一口サイズの肉まんはまあまあ肉まんだけど、普通の肉まんよりも中に肉汁がたくさんあって、それが噛《か》むと一気に口の中に広がる仕掛けだ。

「へえ……こんなのがあるのか」

「どう？　おいしいでしょ」

「ああ、うまい。こんなのもあるのか」

「パルタの方じゃ結構ポピュラーな食べ物らしいよ。これは蒸したヤツだけど、ちょぴっとだけ皮を厚くして焼いたのもあるの」

「それもうまそうだな」

俺は納得しつつ、アスナがいった別バージョンの味に思いをはせながら味を堪能した。

肉汁を全部飲み干したあとにのこったのは肉まんとさほど変わらなかったが、その肉汁の仕掛けがたぶんこの食べ物の全てで、それだけでおいしさを数段引き上げる仕掛けになった。

皮の中に肉汁を最初に仕込もうと思った人は――

「――すごい、な？」

「どうしたの？　変な顔をして。なんか変なの入ってた？」

「……そうか！」

「え？　そうかって何」

「ちょっと待ってて」

頭の中にあるものがひらめいた。

俺はそのひらめいた物を形にするため、アスナとジョディを置いて部屋から飛び出した。

.242

俺はブラッドソウルの鉱床にやってきた。

魔法都市の「魔力のうんこ」は全部ここに流れ込んできて、凝縮されて魔晶石に結晶化される仕組みになっている。

普段とは違って、そこは魔晶石がほとんどなかった。

使い切ったため在庫はもうない、という感じだったが、仕組み自体は生きている。

今も都市全体から集積されてくる超微量な魔力が凝縮されて、砂粒ほどの魔晶石になった。

『ここで何をするつもりなんだ？』

俺の中からラードーンが聞いてきた。

パルタ公国の後始末を任せきっていて、それで彼女が「出たり入ったり」しているから、俺はいちいち「戻ってたのか」とは聞かなかった。

そのまま、ラードーンの質問に答える。

「あの肉まんでヒントをもらったから、それで魔晶石を作ってみる」

『ただの食物から発想を得るとは中々に中々だな』

「そう？」

『お手並み拝見だな』

ラードーンの語気は楽しげで、何かに期待する類のものだった。

俺が今からやる事に期待してくれるのは明らかで、元からそうだったけどもっと頑張ろうと思った。

俺は目を閉じて、感覚を研ぎ澄ませた。

ありとあらゆる「雑音」を意識の外にシャットアウトしつつ、魔力の流れだけを感じ取る。

頭の中でイメージが浮かび上がる。

支流が集まって大河となるようなイメージで、そこに流れているのは水ではなく霧のようなもの。

その霧が分枝から集まってきて、一点に凝縮される。

そのイメージがはっきりと頭の中に浮かび上がってきた。

霧が集まって、凝縮した――と感じた瞬間に目を開けた。

目の前でまた一粒、砂粒大の魔晶石ができた。

「……よし」

『できる瞬間を感じ取っていたのか？』

「ああ、まずはな」

『そうか。しかし今できた物もすぐにきえたが？』

「ここは街のインフラ維持に直結してる。製造より消費が上回ってる現状だと、できた側からすぐに使われて残らない。ため池のようなものだ」

『なるほどな』

ラードーンが納得した所で、俺は【アイテムボックス】を唱えた。

アイテムボックスの中から異世界の隕石を取り出した。

隕石はたちまち崩壊し、魔力に変換された。

空間に散っていった魔力は、この鉱床の構造――支流と本流の構造にそって、一点に集まっていった。

少しして、今度は豆粒大の魔晶石ができた。

さっきのは砂粒大という事を考えれば結構な大きさだ。

それもやっぱり、街の消費をまかなうほどの量にはならずに、すぐに使われて「溶けて」しまった。

「……よし」

『今度はなんだ?』

「これから作る物の魔力量を計ったんだ」

『ふむ』

「ここに集まってくる魔力で足りるのならそれで良かったけど、足りないなら魔力はこっちで用意して、前に作ったここの『型』だけを利用する」

『ここの構造を使うという事は、今から作る物も全自動で作られるようにするつもりか?』

「いや」

俺は首をふった。

今頭の中にある構想ではそこまでやる必要はない。

「一つできればいい、念の為の予備を用意するにしても二つか三つくらいでいい。だから自動にする必要はない。むしろ」

『むしろ?』

「自動のための種を今から作る」

『ふむ……ますます興味深いな。早く進めるといい』

「ああ」

頷く、目を閉じる。

ラードーンが興味を持ってくれるというのは嬉しかった。

大げさに言えば光栄だった。

神竜たる彼女に興味を持ってもらえるのはすごい事なんだと分かっているから、それを言われて嬉しかった。

ますます成功させなきゃ。

一発で成功させなきゃと思った。

目を閉じてもう一度構造を把握する。

絶対に間違えないように、構造と、実際に流れる場合の速さを把握する。

それをひとしきり、ほぼ完璧だ、と言い切れるレベルで把握できた所で、再び【アイテムボックス】の中から隕石を取り出した。

さっきの分量で豆粒大くらいになったから、それをもとに計算して一回り大きい小石程度になるようにした。

そうして取り出した隕石が崩壊して、さっきよりも遙かに大量の魔力が放出され、辺りの魔力量がめちゃくちゃ濃くなった。

その魔力が構造にそって、一点に集まっていく。

そして、それが結晶と化するその瞬間――。

「【タイムストップ】」

時間魔法を使って、時間を止めた。

大量に魔力を消費するこの魔法、あれから魔力の最大量が増えたが、それでも外部の補充とかそういった物一切なしに、時前の魔力だと五秒も持たない。

が――五秒で充分。

俺は結晶化しているその中心に向かって。

「【マジックミサイル】」

と、初歩的な魔法を放った。

止まった時間の中、魔法はできたが、発動まではいかなかった。

そこに魔法の発動する瞬間――発動する前の物ができた。

そして時を動かす。

流れ出した時の中で、【マジックミサイル】は発動しなかった。

マジックミサイルが発動される所で、魔力が集まって魔晶石がどんどん大きくなり、計算通りの小石くらいのサイズになった。

『時を止めたのか？』

「分かるか？」

『我の目をしてもとらえられぬ動きであれば時間停止以外あるまい』

「そりゃそうだ」

頷いた俺は、魔晶石をじっと見つめる。

空間に散らばった魔力が凝縮され、魔晶石の大きさがピークに達して、そして街の消費に使われて今までのと同じようにできた側から消えていった。

それが全部消えたあと、【マジックミサイル】が放たれた。

時を止め、更には魔晶石の中に封じ込まれた【マジックミサイル】が発動した。

「……よし」

『なるほど、まさにあの肉まんだな』

「ああ」

『つまり、最後の一粒として、異次元なりにつなげた魔法を封じ込め、完全に消耗したあとに発動させる、という事だな』

「そういう事だ。散らばった魔力があればいいから、封じ込めるのは【アナザーディメンション】だけでいいはずだ」

アスナとジョディから得た発想で上手くいった事に、俺は少しだけ満足感をえた。

.243

「……さて」

『うむ？』

「材料は揃ったから、仕上げるとするか」

俺はそう言い、まずは魔力の流れを感じ取る事に意識を集中させる。

魔晶石鉱脈の中でじわりじわり集まった魔力が、また砂粒大の魔晶石になろうかというその瞬間に、【タイムストップ】で時間を止めた。

止めた時間の中で【アナザーディメンション】を唱えて、時を再び動かせる。

【アナザーディメンション】は発動直前で魔晶石の中に閉じ込められる、できた魔晶石がまた消えかかった。

かかった。

「【アイテムボックス】」

今度は【アイテムボックス】を唱えて、いくつかストックしてある異世界の隕石から魔力を引き出して、消えかかった魔晶石の上に被せるようにする。

魔晶石は砂粒大から豆粒大に大きくなっていき、【アナザーディメンション】は包まれたまま解放されずにすんだ。

「【アナザーディメンション】」

そこでもう一度、【アナザーディメンション】を唱える。

『この流れはなぜだ？』

「『アナザーディメンション』だけだといつ隕石が飛んでくるか分からないから、飛んでくるまでの分は持ってる分で持たせるんだ」

『ふむ、なるほどな』

質問に対する明快な回答が得られたからか、ラードーンはすぐさま納得した様子でひきさがった。

【アイテムボックス】と自前の魔力で魔晶石を維持しつつ、【アナザーディメンション】の向こうをじっと見つめる。

一分くらい経った所で、隕石が飛んできて、次元の境目で崩壊して魔力を放出した。

空間に漂う魔力は構造にそって魔晶石を包み込み、更に大きくした。

【アイテムボックス】を解いて、更に【アナザーディメンション】を唱える。

複数になった次元の裂け目から次々と隕石が飛んでくる。

それが崩壊して、魔力になった、魔晶石を大きくする。

その魔晶石が両手で抱える程度の大きなかたまりになった所で、俺は再び――

「【タイムストップ】」

と時間を止めて、塊の表面――つまり外側にもう一つ【アナザーディメンション】を仕込んだ。

そして「中心」と同じように、【アイテムボックス】から引き出した魔力で包む。

薄皮一枚コーディングしたのを確認してから、時間をまた動かす。

『むっ？　お前、また時間を止めたか』

「ああ」

さすがラードーンと思った。

俺が【タイムストップ】をかけた事をめざとく見つけたようだ。

『……ふむ、次元魔法をもう一つ仕込んだか。なぜだ？』

「上手く行けば」

二度目の【タイムストップ】のあとも、徐々に大きくなっていく魔晶石を見つめながら、説明する。

「このサイズまで『小さく』なった所で一回予備が起動して、全部なくなった所でもう一回予備が起動する。予備を時間差で二回あるように仕込んでみた」

『……ふむ』

ラードーンの返事は、何か考え込んでいるような、そんなニュアンスがあった。

そんなラードーンの次の言葉を待ちながら、魔晶石がしっかり大きく育っていくのを見守る。

『……もうこれ一つでいいのではないか？』

「ああそういう事。いや、それは良くないと思う」

俺は即答して、否定した。

『なぜだ』

「そもそも予備を作るって話だ」

『これ一つで予備になるのではないか？』

「それだと万が一アナザーディメンションが機能しない時は予備として機能しない。命綱としての予備なんだから、違う理屈のものとして分散させるべきだ」

『ほう……すごいな』

「へ？」

『目先の成功に惑わされず、本来の目的を忘れないのは良い事だ。凡百どもではそうはいかない』

「そうはいかない？」

『見た事はないか？　何か一つだけ「最強」とか「最高」を求めて、それ一つで何もかもすませられるものをほしがる人間の事を』

「あー……なんか見た事あるかも。ダメなのか、最強って」

『最強など存在しないし、あてにならぬよ』

ラードーンはそこで一旦言葉を切って、真剣なトーンから冗談めいた口調に変えて、続けた。

『我ほどであっても、【ドラゴンスレイヤー】にやられて助けが必要になるのを見ていただろ？』

「なるほど！」

ラードーンはそこを冗談めいた口調で言ったが、確かにその通りだと思った。

と同時に。

「予備、命綱の種類を増やしたのは正解だったか」

『うむ。それができるのはすごい事だと思う』

「ありがとう。まあ、でも。魔法の事だけだ」

ラードーンに褒められて嬉しくなる一方で、俺はちょっと苦笑いもした。

「魔法以外の事だと俺も『最強』をほしがるかも知れない。ああいや、実際にあったな」

『ほう？』

「冬は床下暖房こそ最強だ！　とか、昔は言ってた記憶がある」

『はは。床下暖房か、あれは人間には快適らしいな』

「すごく快適なんだ。暖炉だと背中と足元が寒くなるけど、床下暖房は部屋全体が暖まる。…………ああそうか、薪の消費とすすの掃除、手間を考えたら最強じゃなくなるのか」

言いながら、苦笑いする。

昔はあれほど「最強」だと信じ切っていたものも、ラードーンの指摘を起点にして考えたら全然最強とは思えなくなった。

『ふふっ、気温の話なら最強なのがあるぞ』

「え？　何？」

『冬は南に、夏は北にそれぞれ移住すれば良い』

「そこまでやられると俺でも違うって分かる」

『ふふっ、過ごしやすさという意味では最強だぞ？』

「あはは」

冗談めかした口調のラードーンと一緒になって笑い合った。

そうして笑い合いながら、俺は更に考える。

何かもう一つ、「命綱」を増やせないか、と。

命綱は増やしすぎても効果は下がっていくが――

「二つ、いや三つくらいは……」

それくらいまでは増やしていいし、増やすべきだと思ったのだった。

.244

「……よし」

しばらくじっと見つめていたが、【アナザーディメンション】を閉じてても、魔晶石の大きさが維持されるようになった。

「やっぱりみんなが戻ってきたか」

『ほう、分かるのか』

「なんとなく。魔力の……なんて言うんだろう、雑味？　が増えたから」

『そうか、ならばもう大丈夫というわけだな』

「ああ、ここから先は通常運転に戻れるはずだ」

俺はそういいながら、大きさが維持される魔晶石と、その魔晶石の中に封じ込めた「命綱」こと【アナザーディメンション】を目視で確認した。

魔晶石もあって、【アナザーディメンション】もある。

これで当面は街のインフラは大丈夫だろう。

『で、どうするのだ？　このまま続けるのか？』

「いや、今日はもういいだろう」

『よいのか？』

「ああ。命綱をもう一つはつけておきたいけど、それはもうちょっと本格的な何かを考えたい」

『本格的？』

「見て分かるように、これはその場凌ぎというか、応急処置だから」

俺は魔晶石の中に封じ込めた【アナザーディメンション】を指さしながらそう言った。

魔法が発動した瞬間止めておく、魔晶石という見た目もあって――。

「食材を腐らせないように凍らせとくのと同じシンプルなヤツだ」

『同じシンプルではいざという時とも倒れの可能性もある、だから次は複雑な物にしたい、と』

「そういう事だ」

『……ははっ』

ラードーンは笑った。

「え？」

俺は不思議に思った。

ラードーンのそれは会話の流れにあるちょっとした笑い方じゃなくて、何かもっと大きく「ウケた」感じの笑い方だった。

「何か変な事言ったか？」

『うむ、本人が気づいていないのが輪にかけておかしいな』

「……魔法の事だから、そんなに変な事は言ってないつもりだけど」

今自分が言った事、やった事。

それを振り返ってみたけど、やっぱり変な事を言ったつもりはない。

だけどラードーンも何もなくてそんな反応をする様な人じゃない。

何かあるのは間違いない所。

それが何なのか――予想外の反応だったもんでちょっと不安になってきた。

「教えてくれ、何が変なのか」

俺は真面目に、自分の中にいるラードーンに教えを乞うた。

『ふふっ』

ラードーンはもう一度、本当に楽しげな笑みをこぼして――本当に楽しくて仕方がないからこぼれた、そんな感じに笑ってから、言った。

『次元魔法を、時間魔法と組み合わせて、希少結晶の中に封じ込めた』

「ああ」

ラードーンは端的に状況を表すように、俺がやった事を数え上げるように言った。それは俺がやった事を一番シンプルまで切り詰めたもので、俺はそれを聞いて頷いた。

『どこがシンプルだというのだ、ん？』

「……む」

『どれ一つをとっても、人間の域では人生の到達点にすらなるような代物だ。それを「シンプル」と言いきり、我が指摘するまで気づきもしないのがたまらなく面白くてな』

「いや、それはなんというか、やり方の話で」

『慌てるな、そして照れるな。我は褒めているのだ、素直に受け取れ』

「えっと……うん」

照れるな、と先回りされてしまったもんで反応にこまってしまった。

『そうなると、だ』

「え？」

『複雑、がどうなるのか。否が応でも楽しみになってくるというものだ』

「……ああ」

照れが吹っ飛んで、俺ははっきりと頷いた。

これはきっと「期待」だろう。

ラードーンは俺に期待をしてくれてる。

力を認めた上で、期待してくれてる。

あのラードーンがだ。

なら是が非でも、その期待には応えなきゃな、と強く……強く決意を固めたのだった。

☆

魔物の街、自室の中。

戻ってきた俺をスカーレットが訪ねてきた。

スカーレットは普段とは少し違う、正装のような格好をしていた。

服飾の事はよく分からないけど、「正装」っぽい格好なのは何となく分かる。

「どうしたんだスカーレット」

「お疲れの所すみません。神竜様に現状のご報告を致したく」

「そっか――だそうだけど」

「――うむ」

ラードーンは俺の中から出てきた。

神竜というよりはいつもの幼げな少女の姿で現われた。

その姿と向き合ったスカーレットは厳かに一礼した。

正装にしか見えない格好という事もあって、めちゃくちゃ「絵」になる感じで、ここが自室というより謁見の間とか、そういう空間に見えてくる。

「で、話とは」

「パルタ公がこちらの条件に難色をしめしました」

「ふむ」

「まずは検討するための時間がほしいとの事でしたので、一旦引き上げてまいりました」

「そうか」

「それはだいじょうぶなのか？」

二人の淡々としたやり取りだったが、話を聞くに頓挫してるというか、暗礁に乗り上げているというか。

そんな感じに聞こえてしまったから、思わず口を挟んでしまった。

「うむ、問題ない」

「はい」

「そうなのか？」

「前にも話したが、今回は向こうを締め上げるのが目的だ」

「ああ……そういえば聞いたっけ」

「そのためには――そうだな、人間でいうとどういう感覚が良いのだ？」

ラードーンはスカーレットに水を向けた。

もともと用意してた答えなのか、スカーレットは迷いなく答えた。

「血涙を飲んで、くらいの感覚がベストかと」

「うむ。そういう感覚だ」

「なるほど」

「そうなれば一度や二度の交渉で終わる事もなかろう。何度か難色を示した上で『血涙を飲んでもらう』のだ」

「そっか。じゃあ順調って事か」

「はい」

スカーレットははっきりと頷いた。

交渉自体は進んでいないのに順調というのもすごい話で、あらためて二人はものすごく高度な交渉をしてるんだな、と思った。

「また、パルタ公がブルーノ様に接触を図ったという情報もございます」

「兄さんに?」

ブルーノというのは、俺が転生したこのリアムという人間の実の兄だ。

俺が転生した直後に婿養子に出されたが、その家の当主になって上手く切り盛りしている。

俺がこの「約束の地」にはいって、魔物の国を作ってからもいろいろと力を貸してもらっていて、今人間の貴族の中で一番いい関係を保っている相手だといえる。

「はい。おそらくはブルーノ様に仲介を頼もうという心づもりなのでしょう。主と良好な関係をたもっている人間はそう多くはありませんので」

「あの小僧に白羽の矢が立つのは妥当な話だな」

「えっと……もし兄さんが来たらどうしたらいい?」

俺は二人に聞いた。

今回の交渉は完全に二人に任せているけど、ブルーノがもし来るとなればどういう風にすればいいのか聞いておかなきゃと思った。

「それは気にしなくても大丈夫かと思います」

「どういう事なんだスカーレット」

「ブルーノ様はその要請を断ったようでございます」

「そうなのか？」

「はい」

「やはりあの小僧は賢いな」

ラードーンは感心していた。

「はい、ですので大丈夫かと思います」

「分かった。じゃあ気にしない」

「ふふっ。あの小僧さえ出しゃばらなければ、もはや仲介に入れる人間は存在しないだろう。そもそもお前の心を動かせる人間もいないだろうさ」

「あはは」

「よほどの魔導書を持ってくれば話は別だが」

「それは……うん」

俺は苦笑いした。

誰が来ても別にどうとも思わないけど、ラードーンの言うとおり、めちゃくちゃすごい魔導書を持ってこられるとちょっと迷ってしまうかもしれない。

と、いうか……。

ラードーン達が「めちゃくちゃ締め上げて」からの、大公クラスの人間が必死になって差し出そうとする魔導書。

もしそんなのがあったら、それがどれくらいすごい物なのかは気になる。

そうなればいいとちょっとだけ思った——今国のためにトリスタンを締め上げている二人にちょっと悪いけど、そこをちょっと期待した。

☆

パルタ領、トリスタンの屋敷。

書斎の中、トリスタンはやつれきった姿で頭を抱えていた。

ここしばらく、スカーレットと講和の交渉をしているが、スカーレットから提示される条件は厳しい事この上ない物ばかりだった。

リアムやドラゴンたちの力を思い知って、一日でも早く停戦したいが、だからといって気軽に飲める条件ではない。

飲んでしまったが最後、向こう数十年にわたって領内の経済がガタガタになりかねない。

それほどの賠償項目を盛り込まれた条件だった。

そのためトリスタンは交渉をしつつ、どうにかリアムとの間を取り持ってくれる相手を平行して探していた。

真っ先にフローラの事を思いついたが、連絡を取ってみたらけんもほろろに断られた。

次にブルーノの噂を聞いてコンタクトをとってみたが、こちらは「この上なく丁重に」断られた。

もはや八方塞がりになりつつあり、スカーレットが出した条件をのまざるを得ない所まで追い込まれていた。

「大公様!!」

ノックもなしに、一人の男が書斎に飛び込んできた。

屋敷の書斎、私的な空間の中でもかなり重要な場所。

普段ならこんな風に部下が飛び込んできたら無礼打ちにしてもおかしくない所だが、トリスタンはもはや、責める気力もなかった。

「なんだ……」

「見つけました！　例の女を」

「例の……？」

トリスタンは首をかしげた。

やつれきって、窪んだ目には生気がなかった。

それは自分が出した指示すら、もうまともに覚えていない、という事でもあったが――。

「はい！　見つけたんです、例の女を」

「例の女……例の……はっ！」

はっとしたトリスタン、目に力が戻った。

生気がほとんど抜け落ちた目に希望が再びともった。

「本当か!?　ホントに見つけたのか！」

「はい！」

「すぐに連れてこい！」

「それが――予定があると」

「いいから連れてこい！　状況が分かっているのか！」

「は、はい！」

部下が再び書斎から飛び出していった。

残ったトリスタンは直前までとは打ってかわって、まるで別人のように顔に生気が戻った。

「見つかった……そうか見つかったのか」

そうつぶやくトリスタンの口調には、生気だけではなく力強い希望がこもっていた。

.245

「アメリア、エミリア、クラウディア」

空の上、俺は詠唱をして、魔力を高めていた。

魔法の前詠唱では、術者がもっとも精神力を高められるキーワードをそれぞれ設定し、それを口に出して唱える事で精神力、集中力、ひいては魔力そのものを高める効果を発揮する。

俺はかつての自分、リアムに転生する前世で憧れていた三人の歌姫の名前を前詠唱として使っていた。

その名前を口にして、テンションを高め、魔力も高まる。

そうやって引き出した魔法を練り上げて、足元から直径数十メートルに渡る巨大な魔法陣を展開させる。

「【デストロイヤー】!!」

高まった魔力を同時詠唱ではなく、一つの魔法に集中し、放った。

白と黒、二色が螺旋のように重なり合った光線が右手から一直線に放たれていく。

螺旋の光線が向かった先には岩肌が露出しているタイプの、それなりの高さのある三角形の山があった。

光線は指が豆腐に突っ込んでいくかのような感触で、山をいつもあっさりに貫通した。

「アメリア、エミリア、クラウディア――【ペトリファクション】!」

光線に貫通された山に向かって、更なる詠唱魔法を放つ。

魔法の光が岩山を包み込んで、「固定」した。

遠目には三角形に見える岩山は、二色の光線に貫かれ、まるで夜の三日月のような穴がぽっかりと開いた。

貫通した直後は三日月のように見えるその開口部だが、当然自然にできた物ではないから、すぐさま崩壊するであろうという事が容易に想像できる。

そうならないために、別の魔法で山を「固めた」。

軟らかいスポンジケーキに砂糖をコーティングして固める。

そんな感じで半壊した岩山を固める。

結果、三角形に見える山は五合目あたりを中心に半分えぐられた形で固定された。

「これでいいのか？」

二つの魔法、前詠唱で高めた大魔法の結果を確認しつつ、心の中にいるラードーンに問いかけた。

『上出来だ、これなら人間どもは震え上がるであろう』

「なんでわざわざこれを？」

『見せしめだよ。パルタ公がもたもたしているから、早くせんと次はお前がこうなるという見せしめだな』

「はあ……でも、ちからって意味じゃ【ヒューマンスレイヤー】で向こうは理解してるんじゃないのか？」

『絵的に分かりやすい生け贄も必要だ。それに、【ヒューマンスレイヤー】だけでは庶民は理解しておらんだろう。この山のなれの果てでそいつは庶民からの突き上げも喰らうはずだ』

「そういうものなのか」

ラードーンから説明を受けても、分かったような分からないような気分だった。

目の前の事はいまいち分からないけど、ラードーン達がやろうとしてる事はパルタ大公トリスタンを脅す事で一貫している。

これもそうだから、そういうもんだと納得する事にした。

「もうこれでいいのか？」

『うむ、あとは我らが上手くやっておく』

「そうか」

俺は頷き、じっと山の三日月——土手っ腹に開けた大穴をじっと見つめた。

『どうした？』

「ああいや、こういう大規模な攻撃魔法というか、破壊魔法？　も、何かもっといいやり方ないかなって思ったんだよ」

『ふふっ、とことん魔法バカだな』

ラードーンは笑いながらそう言った。

その語気だと「いいぞもっとやれ」って後押しされているように感じて、俄然やる気が上がるのだった。

☆

飛行魔法で街に戻ってきた。

飛んで戻ってくる途中、空から見下ろした分には、住民の魔物達はほとんど戻ってきていて、街にはいつもの活気が戻ってきていた。

それはつまり魔晶石のシステムも無事以前通りに稼働しているであろうという事だから、ちょっとだけホッとした。

そんな風にホッとしつつ、魔晶石のバックアップになるようなインフラのシステム、そして大規模破壊魔法の別のやり方。

いろんな魔法のあれこれを考えながら、直接自分の家、街の中心に建てられた宮殿の中庭に着地した。

さてこれから――。

「りあむさまりあむさま」

「これみてこれみてりあむさま」

「スラルンにスラポン――おっと」

着地したのとほぼ同時に、二匹のスライムが俺に飛びついてきた。

可愛らしい見た目のスライム達は、ピョンピョン跳ねながら俺に甘えてきた。

まるで小型犬のような愛らしさでじゃれつく二匹を、俺は抱き留め撫でてやった。

「どうしたんだ二人とも」

「これみてりあむさま」

「あたらしいわざできたの」

「新しい技？」

どういう事なのか、と不思議がっていると、スラルンとスラポンは俺の腕の中から飛び出して、中庭の枯山水の一部、ちょっと高い山を模した岩の上に飛び乗った。

二匹は岩の上でスライムがましく体を伸びたり縮んだりして体の形を変えていた。

何をしているのだろうか――と思っていると、二人はそれぞれ違う形で体を固定させた。

半固体のスライムだが、普段過ごす上での形は決まっている。おそらくその形が「一番楽」なんだろうなと何となく思った事はある。

今はそれとは違って、二匹とも明らかに無理して変えているという感じの形になっている。

本当に何をしているのか——と思ったけど、すぐに分かった。

太陽の光で分かった。

空の太陽の光が、二人の体を通して歪曲されて、地面の一点に集中した。

その集中された一点はめちゃくちゃまぶしくて、ただの土の地面なのに、その一点だけ鏡かってくらい反射してまぶしかった。

光を集中させた——けどなぜ？

そう思ったが、これまたすぐに分かった。

光が集中されたその一点は、すぐに白い煙を上げ始めたのだ。

焦げ臭さとともに上がった煙、それが成果なのか、スラルンとスラポンは光を集めるのをやめて、いつもの「一番楽そう」な見た目に戻って、ぴょんぴょんこっちに飛んできた。

「りあむさまりあむさま」

「いまのどう？」

「すごいな、どうやったんだ」

「ひかりをあつめた」

「あつめるとやける」

「えっと……」

二人の説明は要領を得なかった。

というか現象の再説明にしかなっていなかった。

光を集めたら焼ける――は、見たまんまの事でしかなかった。

それがどういう事なのかを聞こうとしたんだが、スラルンもスラポンも無邪気に喜んでいて、それ以上聞けなさそうな雰囲気だ。

『大昔にな』

「へ？」

いきなりラードーンが話しかけてきて、ちょっとだけ驚いた。

『人間がメガネを発明して、ある程度作られて――そうだな、貴族の子供にも行き渡る頃だったかな』

「はあ」

『そのメガネを使ってな、太陽光を集めてアリンコを焼いて遊ぶというのが貴族の子供の間ではやっていた時期があったのだ』

「そんなのあったのか？」

『うむ。魔法でもなく、火も使わない。でも生き物を焼ける――子供が好きそうな事だろ？』

「あー、なるほど」

何となく分かるような分からないような話だ。

『それと同じだ。日差しが照らした場所は熱くなる。その日差しを収束させて一点に集めると熱さがどんどん上がる――道理だろ？』

「確かに！」

ラードーンが言うそれは分かりやすかった。

日差しは熱い、熱い日差しを一点に集めるともっと熱くなる。

分かりやすい事この上ない理屈だった。

『まあ見てのとおり地面を少し焦がしたりアリンコを焼いたりするくらいしかできんがな』

「………」

『どうした』

「りあむさま？」

「どうしたのりあむさま」

俺は少し考えた。

少し考えて、一つの光景が頭の中に浮かび上がった。

「【ミラー】」

魔法を唱える。

かざした手の前に薄い鏡のような物ができた。

その鏡は日差しを反射した。

俺の手の動きに応じて、反射する光の照らす先を変えられた。

「【ミラー】三連」

今度は同時詠唱した。

目の前に現われた三つの鏡の角度を調節して、反射した太陽光を一点に集める。

鏡「三枚」で、スラルンスラポンのやってる事とほとんど同じ、地面を焦がせるようになった。

『うむ、メガネではなく鏡でも同じ事だな。応用が早いではないか』

「考えてた事だから」

『考えてた？』

「ああ」

俺は頷き、一度目を閉じた。

深呼吸して、集中して。

そして目を開けて、前詠唱で魔力を高める。

「アメリア、エミリア、クラウディア。【ミラー】一〇一連！」

簡単な魔法という事もあって、同時詠唱を大台に乗せた俺。

大量の魔法の鏡が体の前に出現した。

そして、その一〇一枚の鏡の角度を調節する。

反射した太陽光が一点に集まるように調整した――結果。

『ほう』

「りあむさますごい」

「すごいりあむさま」

「うわ！」

感心するラードーン、大喜びするスラルンとスラポン。

そして、予想外の威力に驚く俺。

一〇一枚の鏡が集めた太陽光は、二羽の枯山水の大岩をいとも簡単に融かすほどの威力だった。

.246

街の上空。

住民の魔物達がありんこくらいに小さく見えるほどの高さまで飛び上がって、三六〇度ぐるっと見回した。

「あれとかがいいかな」

遙か遠い先、シルエットさえもぼやけてしまうほどの先に、なだらかな稜線が続く山脈が見えた。

雲一つないほどの晴れやかな青空の下であっても、おそらくは数百キロ離れた先だからか、その稜線もぼやけて見えていた。

『ふむ、いけそうか?』

「たぶんな」

『ならばやってみせるがいい』

「ああ」

俺は頷き、前詠唱から魔法を発動した。

「『ミラー』一〇一連！」

両手を左右にまっすぐ突き出して、自分を「大」の字にした。

広げた両手から伸びていくかのように、魔法の鏡が左右にほぼ同じ数だけ広がっていた。

まるで自分の両腕が数十倍に長くなったかのような、左右に伸びていく魔法の鏡。

その一〇一枚の鏡が太陽の光を反射しているのを確認しつつ、角度を調整する。

一〇一枚の反射が通常の地平線の、その更に先にある稜線に集まるようにした。

調整は神経をすり減らすほどの集中力が必要だったが、邪魔が入らない状況もあって、じっくりとやる事ができた。

そして、一〇一枚の鏡の反射が一点に集中した結果、遥か彼方の稜線が静かに欠けて、それまでなだらかな物とは正反対の、人工的で不自然な「切り欠け」ができた。

「……ふむ」

俺は実験の結果に満足し、魔法を解いて一〇一枚の鏡を消した。

『すごいな……お前が今までやってきた魔法の応用のなかで一番感心したぞ』

「そうなんだ」

『うむ。この距離だ、我が全力を出して何かを放ったとしても途中で減衰し霧散したであろうさ。だのに地形を変えるほどの威力をたもったままというのは驚嘆を禁じ得ぬよ』

「元が太陽の光だって考えれば、この程度の距離が伸びた所で誤差だからな」

『ふふっ、道理ではあるがな』

ラードーンは楽しげに笑いながらそう言った。

道理ではある、という含みを持った言い回しだが、俺を褒めるという語気とかニュアンスはちっとも減っていない。

むしろ強まったとさえ言っていい。

『もはや究極魔法、最強魔法と言っていいのではないか？』

「いや、それはない」

俺ははっきり、きっぱりと言い放った。

ラードーンは究極とか最強とか、最高レベルの褒め言葉を使ってくれたが、それには程遠いと俺自身はっきり分かっている。

『ふむ？　何がだめなのだ？』

「太陽の光を反射する魔法――いや技だ」

『うむ、魔法というより技であるな』

「だから曇ったり雨が降ったりすればもう意味がない、夜でも使えない」

『……ふむ』

「今は空の上にいるが、地上でやるとき霧とか砂塵とかにも邪魔される。俺だったら地面に軽くファイヤボールを放って砂埃でも巻き上げればそれだけで無力化できる」

『なるほど』

「それにまだある。ラードーンは自分が何かを放てばと言ったけど、ラードーンが何かを放てば途中でもずっと威力のある技とか魔法にある」

『……なるほど。あくまで目的地の一点に集中させる技。途中で何か遮る物があれば』

「そう、距離にもよるが、紙とか薄布とか、そういうのでも邪魔できる」

『そう言われると欠点の方が多いように思えてくるな』

「実際欠点も多い。『すべてが上手くいったとき』は超長距離、超高火力、超持続性が出るけど、ちょっとでも邪魔が入るともう『ゼロ』になってしまう」

『ふふっ、とんでもないじゃじゃ馬というわけだな』

「まあ、今のままでも問題ないとは思う」

『ほう?』

「普通の魔法とはまるで有効になる状況が違うんだ、だから――」

『事実上の命綱になる、か？』

俺は小さく頷いた。

厳密には違うとは思った。技の性質としてはとんがり過ぎてて、とても「命綱」だなんて呼べるしろものじゃないけど、「普段とは違う状況で残る選択肢」という意味では合っているから頷いた。

「簡単に邪魔されるから、邪魔されないようなフォローができれば工夫ができるだけで大違いなんだけど」

『ふふっ、反対側に打てば邪魔などされないぞ？』

「それじゃそもそも意味がない――え」

『むっ？　どうした』

「反対側……」

俺は考え込んだ。

ラードーンの口から出てくる「反対側」という言葉である光景が頭の中に浮かんできた。

『なんだ？　逆方向に向けて曲射でもさせようというのか？』

「光なんだ、それは無理だろ」

俺は苦笑いした。

ラードーンが最初に言ったような魔力をただ打ち出すようなものなら、曲がるどころかくねくねカクカクさせる事もできるが、光ではそういうのは根本的に無理だと思った。

「そうじゃなくて――いや、実際にやって見せた方が早い」

『うむ、やってみせるがいい』

俺は頷き、ゆっくりと滑空を始めた。

真下の魔物の街にではなく、何もないように見える街から離れた野外に向かって、滑り台に乗っかるかのようにゆっくり落ちていった。

見立て通り、何もない荒野に降り立った。

「『ミラー』三二連」

『ほう、すくないな』

観察と決め込んだはずのラードーンが言葉を発してしまうほど、さっきのに比べて遙かに少ない数の鏡を出した。

数こそ少ないが、やる事は同じ。

一一枚の鏡を一点に——地面に向かって太陽光を集めた。

光が集まった一点が溶け始めた。

岩肌の地面が融けて、真っ赤っかにとろとろな物になった。

溶岩——と呼べる代物なのか分からないが、見た目はそれにものすごく近い物になった。

溶岩っぽくなっても、光をその中心に集め続けた。

ドロドロの範囲が少しずつ広がって、やがて小さな水溜りくらいの大きさで拡大が止まり、そのかわりポコポコと水が沸騰《ふっとう》したかのようになった。

収束した太陽光が、地面を溶かし続けて沸騰させ続けた。

「これなら邪魔されない」

『うむ、されないであろうな。攻撃でもない』

「だけどここに確実に高熱という力がたまっている」

『……ふむ』

「話がずれてきてるけど、これは使った魔力以上の力を得られる。次はこれを活用する方法だな……」

俺は考えた。

更に考えた。

攻撃魔法／攻撃技という枠組みもひとまず取っ払って、溶岩っぽくなったこの高熱を活用する方法を考えてみた。

『ふふっ、あいかわらず面白い事を考えつく』

「そうか？」

『その発想気に入った。心あたりがある、少し手助けしてやろう』

「心あたり？」

ラードーンの言う心あたり、そして手助け。

神竜である彼女が言いだしたそれに、俺は期待感を高まらせるのだった。

.247

俺はラードーンと一緒に、山の中を歩いていた。

ラードーンは珍しく俺の中から出てきて、かつ、少女の姿で足を使って歩いている。

そんなラードーンの後ろについていくような形で一緒に山道を歩く光景を――

「なんか不思議な感覚だ」

「うむ？」

ラードーンはゆっくりと歩くのを続けたまま、首だけこっちに振り向いてきた。

「ラードーンと一緒に歩くのはもしかしたら初めてかも、って。一緒にどこかに行くのは大体空を飛んでいってたし」

「うむ、そういえばそうか。この山に来る道中も飛んできてたしな」

「探しものはなんなんだ？」

ストレートにラードーンに聞いた。

山道に入ってからと言う物の、ラードーンは歩きながらまわりをきょろきょろしている。

何かを探しているのは一目瞭然で、後回しにして聞きそびれてたけど、そろそろ聞くべきかなと思った。

「お前は蜂の巣を見た事があるか？」

「蜂の巣……木の下とか、家の軒下とかにできてるような感じのやつか？」

「それは全体像だな、断面の方は？」

「ああ、六角形になってる感じのやつ？」

「うむ、そうだ」

ラードーンは頷きつつも、やっぱり探しものモードのまま、更に進みながら、説明もしてくれた。

「あの構造は実に面白い代物でな」

「面白い？」

「うむ。縦に——つまり穴が開いているその縦の面に重いものを乗せても中々つぶれない。板を乗せた上で人を乗せてもそれなりに持つ」

「へえ」

「逆に横方向からの力に弱くてな、縦だと人が乗っても構造を保てるのだが、横からだと指のツンツン程度で壊れたりする」

「それは……うん、確かに面白い」

ラードーンが言う「面白い代物」という感覚がよく分かった。

初めて聞いた話だけど面白かった。

「あの六角形の構造が特殊だが、実は紙でも一緒だ」

「へ？」

「数十枚の紙を横にすると中央がたわむ程度に『柔い』が、縦にすればピンとたってある程度の重しが乗せられる——見た事はないか？」

「ああ、ある」

俺ははっきりと頷いた。

その光景なら見た事がある、やった事がある。

紙の束——例えば本とかだと縦にするとなんかピンとたって重いものを乗せられたりする。

「なるほど、あれと一緒なのか」

「うむ。詳しい理屈は分からんが、六角形のあの集まりだと『縦の強さ』を最大限まで引き出せるようだ」

「なるほど……すごいなラードーン、めちゃくちゃ物知りだ」

「ふっ……」

ラードーンは声にだしてフッと笑いながら、更に探しものを続ける。

俺が魔法をのぞいて極端に無知な事を差し引いても、ラードーンのそれはかなり物知りの域なんじゃないかって思う。

「……えっと、それが今回のとどういう関係があるんだ？」

「ほう、察しがいいな。魔法の話ではないというのに」

「いや、ラードーンがまったく意味のない話をする事はないだろって」

察しがいいというよりは——なんだろう。

ラードーンを信用している、って言えばいいのかな。

今の話もちょっとした知識の伝授に見えるが、ラードーンがそれだけのためにこんな話をするとは思えない。

一見というか深く考えても共通点は見えてこないが、ラードーンだから鏡の魔法から続く話なのは間違いないと俺は思っている。

「ふふっ、そうか。本題に入る前のまとめだ。世の中には一方には弱いが、別の用途ではめっぽう強いものがいくつも存在する」

「ああ」

まさにそういう話だ、と俺は納得し、頷いた。

「お前もそれだな」

「え？」

「魔法に限って言えば人間最高レベルの天才であろう。しかし……そうだな、紅茶の淹れ方は分かるか？」

「えっと……湯を沸かして、ティーポットに茶葉を入れる？」

「二杯飲みたいときは？」

「え？　もう一回お湯を入れる？」

「ふふっ、今のが横からツンツンだ」

「なるほど……うん。どこが間違ってるのかも分からないのも含めて、って事か」

「そういう事だ」

ラードーンの事だ、今の俺の答えの中に何か間違いがあったんだろう。

それは間違いないし、俺はどこが間違っているのか分かっていない。

なるほど、と。蜂の巣の縦と横と同じなのは理解できた。

「今探しているのがそういう代物だ」

「何に強いんだ？」

「熱」

「どれくらい？」

「我の力では何をやっても溶かせなかった」

「へ？　そんなに？」

「うむ。逆に衝撃には弱い」

「どれくらい？」

「人間が使ってるガラスと同程度だ」

「そんなに⁉」

俺は驚いた。

めちゃくちゃ驚いた。

ガラスは確かにもろいが、本来は「そんなに」って枕詞《まくらことば》がつくほど弱くもない。

だけど、ラードーンが「何をやっても溶かせない」ほどの物が、一方でガラス程度にもろいとなると「そんなに」がぴったり合ってしまう。

「そんなにすごい物があるのか」

「うむ。もろいという事は形を作り替えやすいと言う事でもある」

「確かに」

「……あった」

「お？」

話している間も延々と山道を歩いて、探し続けていたラードーンが足を止めた。

彼女の横に並んで、視線を追いかける。

ラードーンの視線の先に、まわりとは少し雰囲気が違う、盛り上がった土があった。

「これは？」

「アオアリの蟻塚《ありづか》だ」

「アオアリ……」

俺はもう少し近づいてみる事にした。

ラードーンが言うアオアリの蟻塚からは、小さな虫が絶えず出たり入ったりしている。

「なるほど、確かに蟻塚だな。アオアリ……っていう割にはそんなに青くないみたいだけど。どちらかというと緑に近いかも」

「人間の色彩感覚と言語センスは我には分からん。そう呼ばれているから倣ったまでよ」

「そうか……で、これが？」

何？　って感じでラードーンに聞く。

「燃やしてみろ。そうだな……『できる物ならな』と付け加えようか」

「なるほど、これがか」

俺は頷き、アオアリの蟻塚をじっと見つめた。

話の流れからして、これがラードーンの言う、彼女が何をやっても「溶かせなかった」ものだ。

「だったら俺なんかもっと無理だけど……興味が湧くな」

「ふふっ」

「アメリア、エミリア、クラウディア」

せっかくの機会だ、俺は全力を出す事にした。

前詠唱で魔力を高めて、【ミラー】を一〇一連で、上空に魔法の鏡を一〇一枚出した。

上空から太陽の光をアオアリの蟻塚に集めた。

一〇一連の鏡が集めた太陽光は白くまばゆく輝いた。

アオアリの蟻塚の温度がみるみるうちに上昇して、やがて炎が噴き出された。

「あれ？」

「アオアリそのものは燃える」

「あー……」

なるほど、と思った。

そのまま鏡での光を集中させ続けた。

蟻塚が燃え続けた。

まずはアオアリが燃えた。

ただの虫だったようで、鏡一〇一枚が収束した高温の中では逃げる間もなく蒸発したようだ。

次に蟻塚の一部が溶けた。

溶けた⁉　と思ったが、すぐに違いが分かった。

蟻塚をもし一つの生き物だと例えた場合、溶けたのは「皮」と「肉」だ。

それらが溶け落ちていく中、奥にある「骨」的な所は完全に残った。

収束した光が照らされ続け、炎の温度が青天井に上がっていき、その色も青白くなっていくなか、

「骨」は残った。

溶ける様子はまったくなく、それどころか炎の影響をまったく受けないかのように、色さえも変わらなかった。

青い炎の中、黒みがかった「骨」は黒いままだ。

山すらも溶かして吹き飛ばしたほどの光の収束は、アオアリの蟻塚にはまったくの無力だった。

「すこいな、これ」

「光だから物理的な衝撃は一切ない、このまま丸一日やってもなんともないだろう」

「だろうな」

それはすごく簡単に想像できた。

「一方で、あれは粘土レベルで成形ができる」

「へえ」

「想像してみろ、あれを何かの器に作り替えれば？」

「……収束した太陽光を無限に受けられる」

「そういう事だ」

「なるほど……すごいな……」

青白い炎の中、炎に一切影響されずに存在し続ける黒い「骨」を見つめ、これをどういう形で一番活用できるのかを、俺はミラーで照らし続けながら考えるのだった。

.248

「……にしても」

「うむ？　どうした」

「この……アオアリ？　は普通のアリなんだよな」

「そうだな。別の蟻塚を見つけて巣穴に水攻めでもしてみるか？」

「そんな子供みたいな事しなくても」

俺は苦笑いしたが、ラードーンが言いたい事は何となく分かった。

子供の頃、アリに限らず、いろんな虫で「遊んだ」事がある。

それは俺に限らず、まわりの同年代の子供とか、大人になってから見た年下の子供たちも同じような事をやっていた。

家の近所とか、住んでいる地域とか、そういうレベルじゃなくて、普遍的にやられてる事みたいだった。

そんな、アリの巣穴の水攻め。

ラードーンがそれを持ち出したのは、子供の水攻めでどうにかなってしまう程度には「普通の虫」という事が言いたいからなんだと理解した。

「そんな普通の虫が、なんてこんなすごい……素材？　を作ってるんだ？」

「さあな、諸説はあるが、そもそもどんな生き物だろうが、巣作りをする時は好みの材料ばかりどこからともなく探して集めてくるものだ」

「……ふむ」

「アオアリのこれは今まで活用しようがなかったが、人間基準だと確かシロアリのはかなり価値が高かったと記憶しているぞ」

「シロアリ？　なんで？」

「シロアリが好む土は粘土としての質が高いそうだ。陶器作りには最適と聞いた事がある」

「へえ……そうなんだ」

目の前にはないけど、シロアリのその話はアオアリのものよりも簡単に想像ができて、納得もできた。

「燕の巣もあるし、人間にした所で、貴族の家を探したら何故か黄金が大量に集まっているではないか」

「あはは、確かにそうだ」

生き物は巣の中にそれぞれ特定の物をかき集める、という意味ではアオアリのこれも人間の黄金もそう変わらないって事か。

「これってどれくらいの熱まで耐えられるんだろう」

「さあな、我がかなり本気になっても溶かせなかったのは確かだが、しゃかりきになってやり続けたわけでもない」

「そうか、じゃあ明日試すか」

「明日？」

「予想よりも更に長時間熱に耐えられるんなら、朝一から始めた方がいいだろ」

「なるほど」

ラードーンは頷き、話はおしまいだ、といわんばかりに姿を消した。

姿が消えた直後、体の中に圧倒的な存在感を感じた。

その圧倒的な存在感で静かに入ってくる。

俺は何となく、巨漢が体を小さくして狭い扉をくぐって通った――そんな光景を想像してしまって、ちょっと面白く感じた。

「【アイテムボックス】」

アイテムボックスを開いて、常に大量にストックしてある水を取り出した。

アイテムボックスをアオアリの蟻塚――もはや「骨組み」しか残っていないそれの少し上であけて、水を直接ぶっかけた。

すると――爆発が起きた。

水を受けた蟻塚の骨組みは一気にその水を蒸発させて、一瞬で蒸発した水蒸気がまるで爆発を引き起こしたかのように広がった。

いや、まるで、とかじゃない。

「あちち……本当に爆発だな、これ」

『ため込んだ熱が一気に放出されればこうもなる』

「確かに、魔晶石も似たような使い方ができたっけ」

『冷えたあとはそれはそれで面白いぞ』

「どれどれ……あー、本当に土っぽいっていうか、粘土っぽいな」

水を掛けて、その水蒸気も収まった所で、しゃがみ込んで残された蟻塚の骨組を手で触ってみた。

冷えたあとで蒸発しきれなかった水が少し残っているせいか、粘土か泥のように、いかようにもこねくり回して形を変えられるものになっていた。

これが熱という意味で、ラードーンの全力をも耐えられるというのはすごく面白いなと改めて感心したのだった。

☆

翌朝、魔物の街が見える程度の野外。

離れすぎる必要もなく、かといって実験だから街の中というわけにもいかなくて。

俺は街が見える程度の野外にやってきて、アイテムボックスからアオアリのそれを取り出した。

こぶし大の泥団子になっているそれをちょっと摘まんで、親指と人差し指で捏ねて、小さな豆くらいの大きさにした。

『それくらいでよいのか？』

「実験だし。何よりこれくらいでもどこまで耐えられるのかが知りたい」

『なるほど』

納得してくれたラードーン。

俺はその豆粒大にしたのを空中に浮かべた。

そして前詠唱してからの、【ミラー】を最大数の一〇一枚出した。

一〇一枚の魔法の鏡が、晴れ渡った青空から太陽の光を集めた。

それが全部、一斉に泥豆に集まった。

黒ずんで文字通り「泥」にも見えてしまうそれは、あっという間にまぶしく、白く輝き始めた。

そうして、じっくり見守る。

この太陽の光を集めるやり方。

一分がたった。

「かなり持つな」

『そのやり方、今までだと数秒程度でかなりの成果を出していたものな』

「ああ、一分もこれを続けるなんて思ってもいなかった」

『我が熱ではどうしようもなかったのは納得できたか?』

「今でもまだ信じがたいけど」

『ふふっ』

ラードーンと話しながら、それを見守り続ける。

あっという間に時間がたっていって、五分くらいがたった。

その間、収束の太陽光に照らされ続けるそれは白い輝きを発したまま、変化はなかった。

「変化はない……けど」

『うむ、当てているのは光だ。何かしらで破壊できていれば光がとうに貫通している』

「だよな」

『ここまで来ると我も俄然楽しみになったぞ』

「俺もだ、どこまで行くんだろうか」

そのまま待った、じっと待ち続けた。

五分を超えて、一〇分くらいになった所で。

「……本当に当て続けてるんだろうか」

と、思わず言葉に出してしまった。

言ってから「しまった」とあわてて口を押さえたのだが。

『恥じる事はない。こうも変化がなければそう思いもしよう』

「そうか。……見た目だと当て続けてるはずなんだが」

『どうする？　まだ始まって一〇分。一度確かめてみるか？』

「そうだな」

俺は小さくうなずいた。

別日にしたこの実験。それは「太陽光」という、時間制限のあるものを最大限活用しようとしたからだ。

だけどラードーンの言うとおり、まだ一〇分しかたってない。

このタイミングで一度試しても大丈夫だろうと思った。

俺は鏡の魔法を解いた。

収束の太陽光が照らされなくなっても、それは白い輝きを放ったまま。

「これを……地面でいいか」

『ふふ、水でもよいのだぞ』

「どう考えても大爆発する」

昨日はそうだった。

今日のは一〇分とはいえ、昨日よりもかなり長い時間の光を集めた。

熱を昨日より蓄《たくわ》えているのは間違いないし、何より水をかけての爆発じゃよく分からない。

爆発は「一瞬で広がり」すぎて、判別が難しいのだ。

俺は溶岩の事を思い出した。

「地面でいいか」

『妥当だな』

ラードーンのお墨付きを得たから、俺は浮かしているそれをゆっくりと地面に下ろした。

白い輝きを維持したまま、豆粒大のそれが地面に下ろされた――瞬間だった。

「――【あぶ】」

直感が働いた、としか言いようがない。

触れた瞬間輝き——光が溢れたから、俺はシールドを貼りつつ、後ろへと向かって大きく跳躍した。

逃げたのだ。

それとほぼ同時に爆発が起きた。

昨日の水をぶっかけたとき以上の——それの数十倍は巨大な爆発が起きた。

途中でどうにか【アブソリュート・フォース・シールド】、物理をシャットアウトする魔法障壁をはりつつ、更に後退する。

爆発が全身を飲み込んだ。

更に速度をあげてとにかく後退する。

全身をガードしつつ、どうにか「爆発」から抜けたあと、俺の目に映ったのは。

「……うそ」

半径五〇メートルはあろうかという、綺麗な円形をしたクレーターだった。

溶岩すらもなく、そのクレーターは「えぐり取られた」かのように、跡形もなくあったものが消え去っていた。

『……すごいな』

ラードーンも、その光景に絶句していて。

俺は、アオアリの蟻塚から取れたそれが、ちゃんと照射し続けた分のエネルギーを取り込んでいたんだなと理解した。

.249

宮殿の庭の中、俺は目の前にアオアリ玉を三つ並べた。

アオアリ玉っていうのはとりあえずつけただけの名前で、ラードーンにアオアリ塚から取り出したこれはどういう物質なんだって聞いてみたら――

『さあ？　人間どもが見落としているままだから名前もないな』

とあっさり言われてしまった。

そういうものなのかと思ったけど、「人間が見落としているまま」なら他の人に聞いてもしょうがないと思って、とりあえずは「アオアリ玉」って事にした。

そのアオアリ玉を三つ並べて、浮かして、順にミラーで太陽光を集めた。

「……一分」

前もって決めた時間分の太陽光を集めたあと、魔法の鏡を消した。

『ふむ、三つとも一分間光を集めたのだな』

「ああ」

『それで何をするつもりなんだ？』

「今から準備する――【アイテムボックス】」

ラードーンをひとまず待たせて、【アイテムボックス】で次なる準備をする。

【アイテムボックス】の中から酒場でテーブル代わりにも使えるサイズのタルを三つ、アオアリ玉と同じ数を取り出した。

そしてその三つのタルの中に、まったく同じ分量の水を注いだ。

そして、アオアリ玉の三つを、それぞれのタルに入れる。

すると、アオアリ玉を入れた直後から、三つのタルに注がれた常温の水がボコボコと気泡をあげだして、やがて沸騰しだした。

「あとは結果を待つだけだ」

『何が知りたいのだ?』

「熱をどれくらい――時間って意味で、どれくらい溜められていられるのか」

『ふぬ』

「熱を溜めたあと、地面に触れたら一気に熱が放出されるのは分かった。でも空中に浮かしてるときは漏れなかった」

『なるほど、大体のものは空中に浮かしても空気を伝って熱が放出されるものだ』

「そう、それがなかった。だから時間差で、同じくらいの熱の量を入れたアオアリ玉を水の中に入れた。水の蒸発した分が溜めて放出した熱の量で、その差が時間で失われる量だ」

『……ふむ』

「どうしたんだ、なんか変な反応だったけど」

『いいや』

ラードーンは「ふふっ」、といつものように笑った。

直前の反応が何やら神妙な感じだったのに対して、俺が聞き返すといつも通りの笑い方に戻っていた。

それでますます「なぜ？」と思ったのだが。

『まるで学者のような事をするなと思ってな』

「学者？　そうなのか？」

『うむ――案ずるな、悪い意味ではない。好ましいからもっとやれ、だ』

「分かった」

最悪やめた方がいい変な事だったらやめようと思っていたが、ラードーンがそう言うのなら安心して続ける事にした。

押さえた鏡の数で一分間だけ熱を集めたアオアリ玉。

タルの水を沸騰させて、蒸気にして吹っ飛ばしたあと、徐々に冷えていき、緩やかな蒸気が立ちこめる程度におさまった。

その状態で三つのタルを見比べると――。

「同じくらいだな、減った量は」

『うむ』

「つまり……何もしない状態で空中に浮かんでるときは蓄えた熱が減らない――って事かな」

『そういう事だな。魔晶石でさえ若干の自然放出、自然崩壊があるのだから、力を溜めておくという意味でも優秀だな』

「……」

『何を考えている』

「ああいや、ちょっとした活用法を思いついたんだ」

『ほう、やってみろ』

「ああ」

俺は頷き、樽の中からアオアリ玉を一つ取り出した。

それをさっきと同じように空中に浮かべて、更に【ミラー】で集束した太陽光の熱を集めた。

同じように、きっかり一分。

一分間熱を集めた所で、魔法の鏡をまたしまう。

ラードーンは何も言ってこなかった。言ってこなくても「ここからどうする？」と待ってくれてるのは分かった。

「【オブラート】」

最初の古代の記憶の中にあった、わりと簡単な方の魔法。

その魔法をアオアリ玉にかけた。

『それは？』

「ものすごくざっくり言うと、風船の中にアオアリ玉を浮かべたままにする、って感じだ」

『なるほど……何にも振れていない状況かつ、閉じ込めておく状況』

「ああ」

俺は大きく頷いた。

『活用と言ったか？　それをどうするのだ？』

「こうする」

そう言いながら、地面に穴を掘った。

魔法【オブラート】で包み込んでできた、サイズのちょっと大きい玉が埋められる程度の大きさの穴だ。

その穴の中にオブラートアオアリ玉を入れて、土をかける。

ちょっとだけ盛り土みたいな感じになったけど――。

「テストだし今はこれでいいか」

『ふむ』

「で、これが足だとして」

そう言って、その辺からそれなりの大きさの石を手に取る。

持った感じちょっとずっしりくるような、手の平サイズの石だ。

それを盛り土の所、オブラートアオアリ玉のある所に放った。

放物線を描いて飛んでいく中、更に言う。

「足であそこを踏んだとする」

『ふむ』

「すると――」

そこで石が盛り土の所に落ちた。

瞬間、石が熱されて、ちょっとだけ溶け落ちた。

「こんな感じだ」

『なるほど陥穽――罠って事だな』

「ああ。……ちょっと前までパルタと戦ってたからなんだろうな、武器への流用の方を先に思いついちゃった」

『よいではないか。それを国境沿い、例の赤い壁の近くに満遍なく敷設すると面白いかもな。普通は通らないような所に不法侵入してくる連中なら引っかかっても問題はなかろう』

「そうだな」

国境の防衛――国防のためには使えるかもしれない、と思った。

「それと……もう一つ」

『ほう?』

返事だけして、さっきと同じような感じで、無言のまま「先を」って促してくるラードーン。

俺は飛行魔法を使って、まっすぐ上へと――大空へと飛び上がる。

まっすぐ、上へ――上へ。

普段飛行する高さを越えてなお、更に上へ飛んでいく。

.250

まっすぐと、ひたすら上へ向かって上昇する。

雲を突き抜けても、まったく気にせず上がり続ける。

「……やっぱり」

『ふむ、何がだ？』

聞き返してきたラードーン。

彼女の質問に答えるため、その答えをより明確な物にするため、俺は上昇の速度を緩めて、そのかわり神経を研ぎ澄ませた。

極限まで、自分の限界まで集中力を研ぎ澄ませて、それを感じ取る。

言葉にした時点で確信はしていたが、集中して感じ取った事で一〇〇％――いや一二〇％間違いないと思った。

「上に飛ぶために必要な魔力量が地上にいたときに比べて小さくなってる」

『ほう？』

「地上に引っ張られるというか、引き寄せられるというか、その力が小さくなってる感じだ」

『それを魔力の消費量で判別するとはお前らしい』

「前からちょっと『おや？』とは思ってたんだ。だけど普段飛ぶ高さだと本当に気のせいかもしれないってレベルだったから」

『そうだろうな。これだけ上空に来ておいてなお再確認が必要なレベルではそうであろうな』

理解を示したラードーン、俺は頷き帰りつつ、更に上昇していく。

『という事はそのために空にきたのか？』

「分かるのか？」

『お前の事だ。魔法の事になると察しがいいが、同時にのめり込んで一つの事しか見えなくなる事がある。別の目的で飛んでいたらその微妙な所には気づかなかっただろうな』

「俺もそう思う」

『……』

「どうした？　なんか変な事言った？」

『いいや？　その返事を好ましく思っただけだ』

「その返事……って、どれ？」

『忘れろ。それよりも空に来た目的をそろそろ話せ』

「え？　ああ。えっと……まだ必要魔力が下がってるんだ。下げ止まるのがどの段階、どのレベルなのかによって来た意味があったかどうかが決まる」

『では刮目《かつもく》だな？』

「あはは」

変な期待をさせてしまったかな、とちょっと苦笑いする。

ラードーンの期待は嬉しいけど、同時にめちゃくちゃすごい存在からの期待というのはちょっと「怖さ」もある。

その怖さに苦笑いしながら、更に飛ぶ、上がる。

上がって上がって、上がり続ける。

消費魔力が「下げ止まったら」そこでストップするが、一向にそうはならずに上がり続ける。

やがて――。

「……うん」

もはや地上の山さえもが石ころに見えてしまうほどの高さまで来た所で、ピタッと止まった。

止まって、もう一度神経を研ぎ澄ませる。

『予想通りか？』

「ラードーンも？」

『お前の言葉から、それを願っていたのを察しただけだ』

「ああ、そうか」

俺は頷き、ラードーンの質問に答える。

「察しの通り、今は飛行魔法を切ってる」

『魔法なしでも落下しない――地上に引っ張られる力が無になった、というわけか』

「そうなんだろうと思う」

『なるほどな』

「それはいいんだけど、息が苦しいな」

『それはそうだろう。ただの高山でも息苦しくなるのだ――というか、普段飛んでる時も地上に比べれば息が苦しいだろうに』

「えっと……それは気づかなかった」

『ふふっ、そうか』

何となく呆れられてそうなやり取りで、ちょっとだけ恥ずかしくなった。

『次はどうするのだ？　この――何もせずに浮いていられる高さが推測通りあった次はなんだ？』

「まずはこれ」

そう言って、アオアリ玉を取り出す。

それを目の前に差し出して手を離す。

すると、アオアリ玉は落ちる事なく浮かんだままでいた。

「アメリ――わっ！」

魔法を使うため前詠唱使用としたが、浮かんでいるアオアリ玉がどこかに飛んでいきそうだったから慌ててつかんだ。

とっさの事だったけど、どうにかキャッチできてホッとした。

「ふぅ……今のはなんだったんだ？」

『お前の吐息だろう』

「へ？」

『詠唱――言葉とともにでた吐息だよ。何も力がかかっていないのでは、吐息程度でも吹っ飛ぶだろうさ』

「ああ……なるほど」

言われてみればそうか、と思った。

だったら、と俺はアオアリ玉をつかんだまま、魔法を使う。

「アメリア、エミリア、クラウディア。【ミラー】一〇一連！」

魔法の詠唱を終えて、魔法が発動してから、アオアリ玉を放す。

そして今度は口を閉ざしたまま、アオアリ玉に向かって、魔法の鏡の角度を調整する。

ラードーンの説明通りなら、口を閉ざしてても鼻息でも吹っ飛びそうだから、息を止めてそれをした。

『ふふっ、大分難儀しているな』

「……」

俺は苦笑いした。

当然返事などできないから、苦笑いだけをした。

そのまま魔法の鏡を調整して、太陽光をアオアリ玉に当てる。

鼻息程度でも吹っ飛ぶ、ふわふわ浮かんでいるアオアリ玉だが、光はさすがに当てても動かなかった。

そのまま、太陽光を集束して当てて、ここしばらくテストの基準になった一分間当て続けた。

「ふぅ……」

俺は真横を向き、更に手を口元を押さえつつ、息を吐き出した。

『それで「完成」なのか？』

「ああ」

『意図を教えてくれ』

「太陽光を集めたアオアリ玉。放置してても溜めた熱は逃げない」

『うむ』

「そしてここにあった場合、地上に引っ張られないから、支える力がなくてもずっと浮かんでいられる――そして」

『そして？』

俺はふっ、とアオアリ玉に息を吹きかけた。

さっきまでは意識して吐息を当てないようにしてたが、今度はわざと吹きかけた。

上から下に――アオアリ玉を地上に向かって息を吹きかけた。

アオアリ玉が地上に向かって落下していく。

引き寄せる力の範囲外から、範囲内になった事で、落下がひとたび始まったらものすごく加速して落下していった。

それを見送った俺。

「この高さからじゃ見えないけど」

『超高空からの爆撃、ってわけか』

「ああ――ここまで飛んでこれる相手はそうはいないだろう。つまり、手出しされない所に武器を置いておけるってわけだ」

『ふふっ、まったく、面白い事を思いつく』

「何となく思いついたんだけど、使い物になりそうで良かった」

『使い物になるレベルの騒ぎではなくなるがな、それ』

「え？　どういう事？」

『ふふっ』

ラードーンは笑った。

『それを実際に使ったとしよう』

「ふむ」

『天から白い輝きを放つ光の玉が降り注ぎ、その威力は村一つなら飲み込む事ができるほどのもの』

「まあ、当てながら調整すればそれはできるな」

『その光景を目にした大多数の人間が何を思うか分かるか？』

「いや分からない」

というかまったく分からない。

むしろ「なんの話だ？」ってくらい、ラードーンがいきなり「見た人間が何を思うか」なんて言い出したのに不思議がった。

『我も近い事をやったから分かるのだがな』

「ふむ？」

『人間はそれを「神罰」と呼んで、恐れおののく物だよ』

「神罰……」

そう言われても、今一つピンと来ない感じだった。

.251

『しかし……偶然ではあるのだが、こうも用途にマッチしているとは驚きだ』

「用途にマッチ？」

『うむ、そいつなら途中で燃え尽きずにすむ、故に「神罰」をしっかり地上に落とす事ができるというわけだ』

「燃え尽きずにすむ……確かにこのアオアリ玉なら燃え尽きる事は絶対にないだろうけど、他の何かだと燃え尽きるのか？」

『流れ星は見た事ないか？』

「流れ星？　あの夜空のヤツか？」

『うむ。あれはお前が魔力に変換してる隕石と同じ、こっちの世界の隕石が地上に落ちてきて、その途中で燃え尽きるものの現象だ』

「そうなのか」

『稀《まれ》に燃え尽きない物が地上に落ちてくる。その時さらに稀に超希少金属が含まれている事がある。人間の力ではどうやっても精錬できないような超希少金属がな』

「へえー」

『それを活用して作った武器が、大抵は流星剣という名前で歴史に残る』

「あっ、流星剣はどっかで聞いた事がある。そうかそういういきさつなのかそれ」

『うむ、勉強になったか』

「ああ」

『まあ、お前の事だ。この話は明日になれば忘れているだろうがな』

ラードーンはいつものように「ふふっ」と楽しげに笑いながら言った。

そんな事はない——と言いたい所だけど、魔法に関係ない武器とか金属の話だから、明日は言い過ぎにしても、気づいたら忘れているだろうというのは自分でもはっきりとその感じが想像できてしまう。

というか……うん、その話を聞いてもあまり興味湧かないしなあ。

「隕石の中に、なんか魔法とか、存在しないタイプの魔力が封じ込められたりする事は？」

『ふふっ、聞くと思った』

「はは……」

俺はますます苦笑いした。

ラードーンがそういう反応するの当たり前だって分かるし、まんまとそういう質問をしてしまった自分がちょっとおかしかった。

『我が知る限りないな』

「そうか、そりゃ残念」

と言ってみたが、さほど残念でもなかった。

『話が盛大にそれてしまったが。通常は地上に落ちていく間に燃える尽きるものだが、それならば燃え尽きる事がないのが大きなアドバンテージ、という話だ』

「なるほど。……」

『今度はなんだ？』

「ああ、【オブラート】と同じで、アオアリ玉を素材にして何かをコーディングしたら、燃え尽きずに地上に物を届けられるんじゃないかって。熱は全部それが吸収するんだから」

『そういう話なら、建物の外壁に満遍なく覆うようにするといい。夏がものすごく涼しくなるぞ』

「確かに……でも冬は余計寒くならないか？　冬でも昼間ガラスから日差しが入ってくると暖かいから、それを全部吸い取ってしまうとヤバイ気がする」

『うむ、そうだろうな。ならば庭によくある東屋の屋根だけに使うといい。人間があれを使うのは大体夏に涼む時くらいだからな』

「いいかも知れないな」

『日傘とかにもいいかもしれんな、人間の女なら喜ぶだろう』

「そう考えるといろいろ使い道があるなこれ」

ラードーンと雑談めいた感じで、色々と使い道やら活用やらの話を聞きながら、地上に向かってゆっくりと下降を始める。

ものすごく上空まで来ればアオアリ玉を何もしなくてもずっと置いておける、それが分かったから、もう空の上でやる事はなくなった。

まさかラードーンの言うように、「神罰」を落とすわけにもいかないし、まあ、この空の上からでも攻撃魔法めいたものを落とせばどうなるのかは想像がつくしあえてやる必要もなかった。

だから俺はゆっくりと降りていった。

「……あれ？」

『こんどはどうした』

ある事に気づいて、飛行魔法で高さを維持する。

「足元」を見回していると、ラードーンが聞いてきた。

「雲って……こんな高さまで来てたっけ」

『うむ、そういう事もある』

「そうなのか?」

『雨が降るパターンはいくつかあってな、一つは薄い雲がどんどんどんどん空に昇っていく。ここは「下」に比べて寒いだろう?』

「ああ」

『さっきガラスの話を出したから知っているだろうが、冬の冷たいガラスに水滴がつく』

「ああ、つくよな」

『冷たくなれば水気の含んだ雲も同じように水滴になる、水滴になれば地上に落ちていく』

「ああ、それで雨になるのか」

『そういう事だ。あくまで一つのパターンではあるがな』

「へえ、じゃあ下の方にある雲も魔法で冷やせばその場で雨が降るのか?」

『むろんだ。ふふっ、相変わらず魔法の応用になると頭が回る』

「なんだろうな、ぱっと頭に浮かんでくるんだよな。こうすればいいとか、こうしたらいいかも、とか」

『お前らしいよ。そして』

「そして?」

俺は空中に浮かんだまま首をかしげた。

そしてなんだろう? と不思議がった。

『悪意やら邪気やらがまったくないのがお前らしい』

「悪意？　邪気？」

俺はますます首をかしげた。眉間も自分で分かるくらいしわができた。

今の話で何がどう悪意や邪気の話に繋がるのか見当もつかなかった。

『いい事を思いついた。我に――悪用に付き合え』

「悪用？」

『なあに、悪いようにはせん』

「分かった」

俺は頷いた、それはラードーンの反応通り――。

『よいのか？　そんなあっさりと』

――要請された内容《悪用》から考えれば実にあっさりとした、軽いノリの返事だった。

「ラードーンの言う事は信用してる。悪いようにはしないんだろ？」

『ふふっ。流れに身を任せた結果ではあるが、お前はしっかりと王の資質を持っていたな』

「へ？」

『よい、それは今度だ』

「分かった」

『まずは……簡単な話だ。我が案内するいくつかの場所にいって、その近辺の雨雲を全て雨にして降らせてしまう』

「それだけ？」

『それだけだ』

「分かった。じゃあ案内してくれ」

『うむ』

俺はラードーンの案内通りに、飛行魔法でゆっくり地上に向かいつつ、彼女が案内してくれた場所に行って、大規模な氷魔法で雨雲を強制的に雨にしていった。

☆

空の上から見下ろす俺。

眼下では小さい雲がさらに小さく縮んでいき、小粒でまばらな雨を地上に降らせている。

『ご苦労。とりあえずこれで全部だ』

「うん……で、これでどうなるんだ？」

『うむ。根本的な話をするとな、雨は本来降るべき場所で降るものだ』

「そうなのか？」

『地方によって多雨だったり乾燥だったりするだろ？』

「なるほど、確かに」

『それを空の上で見れば、雲が流れていって、しかるべき場所に到達するあたり「育ちきって」雨になって降り注ぐ』

「えっと……うん」

俺は頷いた。

ラードーンの説明を受けながら、なんとなく人差し指を立ててぐるぐる回しながら、それを補助にするような感じで言われた事を想像していた。

『今、お前にやらせた事を一言で言えば、降るべき場所に行く前に強制的に降らせた――だ』

「まあ、そうだよな」

『それでどうなると思う?』

「どうなるって……」

どうなるんだ?

って答えあぐねていると、ラードーンは「ふふっ」と、まるで答えられない事を予想したような感じで答えあわせてしてくれた。

『本来降るべき場所で降らなくなるのだ。先に降らせてしまったからな』

「なるほど、言われてみればそうだ」

『それが理屈。そしてここからが肝心な所なのだが』

「うん」

『我が案内した所はすべて、パルタ公国で降るはずだった雨雲の通り道だ。さて、ここまで言えばもう分かるだろ?　これを繰り返せばどうなる』

「……はっ」

俺ははっとした。

ラードーンの言うとおり、さすがにここまで説明されればもう分かる。

パルタで降るはずだった雨を全部先に、別の所で降らせた。

つまりパルタでは一切、雨が降らなくなってしまう。

『礼を言うぞ。偶然だが、更にパルタを締め上げる方法を思いつかせてくれて』

「いやまあ、偶然だし……」

なんでここで例を言われるのかよく分からなかったけど、後日デュポーンにこの話をしたら――。

「殺されかけたし恨んでるからに決まってるじゃん」

と言われて、そんな事も気づかなかった自分の鈍さに苦笑いしてしまうのだった。

.252

「……」

『何を考えている』

足元に広がっている空と雲を眺めながら考えごとをしていると、ラードーンがそれを聞いてきた。

「これは続けるものなのかって思って」

『うむ、続けるぞ』

ラードーンは即答した。

「続けるのか」

『そもそもの話をしよう。今回はパルタ公国を締め上げるためにあれこれやっている』

「ああ」

『どこまで締め上げるのか——覚えているか？』

「どこまで……えっと」

俺は考えた。

「分かるか」じゃなくて「覚えているか」だ。

それはつまりラードーンが俺に話している事で、頭がどうこうじゃなくて純粋に記憶力の問題だ。

だから考えた——けど。

「……悪い、思い出せない」

『ふふっ、まあいい。和睦したあとも、講和条件がきつすぎて、耐えかねて反発してくるまで、が今回の目的だ』

「あっ、そうだったそうだった」

ラードーンに言われて思い出す俺。

聞いた事のある話だから言われれば思い出す事ができた。

「そうか、じゃあスカーレットが今やってる交渉が終わったあとも続けるものなんだな」

『正解だ』

「じゃあこれも自動でできる様にした方がいいよな」

『いいや、逆だ』

「え？　でも長くやるんだろ？」

『長くやるが、こっちがやった事、というのを見せねばならん。単に干ばつを起こしただけでは神を恨むだけで終わりかねん』

「そっか、あくまで俺達が締め上げている、だからか」

『そういう事だ。だからお前が今腐心しているような、インフラの全自動みたいな仕組みはまったく必要がない。むしろ簡単でも見て分かるような形が最善だ』

「じゃあ簡単な魔法にするか……いや」

俺は少し考えると、すぐさま自分の言葉を否定した。

『どうした？』

「新しい魔法は別にいらないって思ってさ」

『ほう？』

「雨を降らせるこの方法。要するに雲のある高さまで飛べて、氷魔法が使えればいいわけだから、飛べる魔物もいるし、そのもの達に氷魔法を使わせればすむ事だ――って思ってさ」

『……すごいな、お前は』

「へ？」

いきなりなんだ、と、ちょっと間抜けな感じの声が出てしまった。

今の話から「すごいなお前」が出てくるのは全くの予想外で、聞いても何でそれが出てくるのかピンとこなかった。

『我はまだ、少しお前を見誤っていたようだ』

「どういう事？」

『お前の事だから、新しい魔法を開発するだろうと思っていたのだ。そう……必要がない時でも』

「……」

『必要がなければ既存の組み合わせでやれる。考え方が凝り固まっていない証左だな』

「それって……」

俺は首をひねって考えた。

「……すごいことなのか？」

『凡百どもは己の成功体験に引っ張られるもの。しかも至近のものにな』

「うーん、分かるような分からないような」

『ふふっ、お前はそれでいい。我が思っていたよりも一段階上の男だったというだけの話だ』

「はあ……」

『魔法を本当に知悉していなければその発想もないだろうが』

「あっ、それは嬉しい」

ラードーンの言葉から「魔法を本当に知悉している」、つまり本当によく知っているっていう評価が出てきた事は素直に嬉しかった。

言ったのがラードーンで、内容は「魔法」。

二重に嬉しい評価だった。

『それはそうと。必要はないが、もしも作ろうとすればどのようなものにするのだ？』

「そうだな……ぱっと思いつくのが一個あるけど……」

『けど？』

「実際にやって見せた方が話が早いだろ」

『ふむ』

俺はまわりを見回した。

雲が雨になって降り出したから、「使える」雲が近くにはなかった。

少し高く飛んで、離れた所にまだ降り出していないであろう雲を見つけて、そこに向かっていった。

その雲の真上にやってきて、ピタッととまる。

「【アイテムボックス】」

魔法でアイテムボックスを呼び出して、中から白い物を取り出した。

『それは……なんだか懐かしいな。例の木炭か？』

「ああ、魔法を覚えて最初の頃に作った白炭だ」

『それをどうするのだ？』

「こうする」

俺は白炭を粉々にして、真下にある雲に撒いた。

粉々になった炭が雲に撒かれていった。しばらく立つと、その雲からも雨が降り始めた。

「予想通り……いや、上手くいって良かった」

俺は少しホッとした。

さっきのとはまったく違うやり方だったから大丈夫かって思ったけど、上手くいって良かった。

それでホッとしていたら、すかさずラードーンが聞いてきた。

『ほう？　これはどういう事だ？』

「ガラスと同じだよ。雲だけじゃなくて、水気が何かにくっつけば水に戻る」

『なるほど、その媒介――いや種のようなものか。それを灰を振りかける事でやったわけだな』

「そういう事だ」

『ふふ、よく考えつく』

「アオアリ玉を包むために使った【オブラート】を応用すれば、地上から灰を簡単に打ち上げられる。そうなれば飛ぶための魔法も特性もいらなくなる」

『うむ、地上から打ち上げられるのは一つのメリットだな』

「あとは……コントロールがめちゃくちゃ難しくなるけど」

『ふむ？』

「ちっちゃい粒をここまで届かせればいいわけだから、のろしを上げるような魔法でもいいのかもしれない」

『なるほど。しかしそれはコントロールが難しそうだな』

「確かに」

『ほかには？』

「そうだな――」

空の上で、俺はラードーンの質問に答えるべく、必要のなくなった新しい降雨魔法の方法を考え、説明し続けたのだった。

.253

パルタ大公、トリスタン。

元ジャミール王女、リアム＝ラードーン全権特命大使スカーレット。

二人は豪奢な調度品で設えた部屋の中で、これまた豪華なテーブルを挟んで、向き合って座っていた。

庶民の家にあればどのベッドよりも更に一回り大きな円卓、それによって隔たれた距離は双方の――両国の歩み寄れない現状を象徴しているかのようだった。

手元の紙を苦渋に満ちた顔で見つめるトリスタンは、眉間に紙を挟めそうなほどの縦皺を作って顔をあげた。

「こ、これでは前回からまったく条件が変わっていないではありませんか」

「もちろんです」

苦渋に満ちた顔で必死に訴えかけるトリスタンとは正反対に、スカーレットは平然そのものの表情で、ティーカップから紅茶を一口するほどの余裕を持ったまま答えた。

「わが方に条件を引き下げる理由は一つもございません」

「し、しかし。これでは――」

「大公閣下」

スカーレットは静かな、しかし有無を言わせないようなきっぱりとした口調でトリスタンの言葉を遮った。

「うっ」

「我が主より受けた命令はただ一つ。全て飲ませるか、イスを蹴って帰ってくるか。そのどちらかです」

「ば、ばかな！　そんな交渉の仕方があるか！」

トリスタンはバン、と円卓を両手で叩きつけながら立ち上がった。

皮肉にもその勢いでイスを蹴り倒し、イスが床に叩きつけられる音が二人っきりの室内にこだました。

トリスタンの反応に、スカーレットは婉然とも言える笑みを浮かべた。

「大公閣下はいささか勘違いをしておられる」

「何⁉」

「これは交渉ではありません。通達です」

「つ、通達だと？」

「そもそもがおかしな話でございます、大公閣下は何をもって、そちら側に交渉する余地が残されているとお思いなのでしょう？」

「うっ……」

「我が主はそのような下品な振る舞いは好まず望みもしませんが、大公閣下は靴を舐めるほどの覚悟で臨むべき情景ではないかと思っていたのですが」

スカーレットはそこで一旦言葉を切って、「見込み違いだったのでしょうか」と皮肉たっぷりに言った。

トリスタンは押されっぱなしだった。

このやり取りができるのが、彼女が一人でこの場にいる理由である。

元々、リアムがラードーンに交渉の総指揮を任せ、ラードーンが更に現場をスカーレットとレイナに任せた。

その人選は全くの妥当で、魔物の国リアム＝ラードーンで外交ができそうなものはスカーレットとレイナの二人だけだ。

しかしもっとよく見れば、スカーレットとレイナにも大きな能力の開きがある。

元々が一国の王女で、政治や外交などの本物の「伏魔殿」を実際に目にしているスカーレットと、特性こそ持っているが元はピクシーから進化したエルフという魔物のレイナでは経験値の差がありすぎる。

その事をレイナもよく理解していて、最初の数回を同席したあとは、矢面に立つ役割をスカーレットに任せたのだ。

そうしてスカーレットが単身でトリスタンと向き合い、采配通りトリスタンを圧倒していた。

「も、物事には限度がある」

「これは異な事を」

スカーレットは目を見開き、「純粋に驚いた」ような顔でトリスタンの反論を打ち返した。

「大公閣下はこの程度の事を限度だと思っていらしゃった事に驚きです」

「ぐっ……これほど押しつけておいてよく言う……」

トリスタンは喉の奥から搾り出すような声で、そしていまにも血涙を流しそうな血走った目でスカーレットをにらんだ。

スカーレットはまったく動じずに、余裕綽々といった感じでまたティーカップに口をつけた。

トリスタンが「舐めた口」を聞くのはゆるせないが、こうしてはらわたを煮えくり返るような感じであればいくら暴言を吐いてもスカーレットは許せる。

いや、むしろそれはトリスタンの苦しみの度合いとも取れるので、スカーレットからすればむしろ愉悦に感じるほどの物だ。

したがって、スカーレットのその振る舞いは余裕を見せているというよりも、リアムに不敬を働いた不届き者の断末魔を心底楽しむ、という反応だった。

トリスタンはしばしスカーレットをにらみ、息を荒げていたが、どうにかそれを抑えて、最初のころの落ち着いた声でいった。

「と、ところでスカーレット殿下。おりいっての話があるのですが」

と、謙った口調で切り出した。

こめかみのあたりでは青筋がヒクヒクしているが、どうにか自制心で抑えこんで謙った笑顔を作っている、という感じだ。

「なんでしょうか？」

「まずはこれを――」

トリスタンはそう言い、パンパン、と側頭部のあたりで手を鳴らすように叩いた。

幾分か芝居がかった仕草のあと、ドアがゆっくりと開かれ、数人の屈強な男が入ってきた。

男は二人で一組になって、協力して大きな箱を運んでいる。

それが全部で五組いて、五組が全員、スカーレットの真横にその箱を運んできた。

そして箱を下ろし、トリスタンの目配せを待って、箱の蓋《ふた》を開けた。

「……あら」

中身を見たスカーレットの眉はひくっと跳ねた。

箱の中は金貨を始めとする、様々な金銀財宝がぎっしりと詰まっていた。

「これを是非、スカーレット殿下にお納めいただきたい」

「……それで便宜《べんぎ》を図ってくれ、とおっしゃるので？」

「いえいえ、これはあくまでこちらの気持ちでございます」

トリスタンは賄賂《わいろ》ではないととりあえずの否定はしたが、状況的に見て、何よりスカーレットを見るトリスタンの目が完全に何かを希うような目だった。

特命全権大使たるスカーレットに賄賂を贈って、少しでも譲歩を引き出すという算段だ。

普通ならばそれは決して悪手とは言えない。

このようにストレートにする事は稀だが、こういう事をする事自体は決して珍しい事ではない。

特命全権大使といえど、国許から受けた命令の中に、交渉の上限と下限が当然存在する。

賄賂を贈ってその下限に近づけてくれというのは現実的な話だ。

たが――その現実的で、本来なら当たり前の事をされたスカーレットから表情が全て消え去った。

怒りさえも通り越した無表情。

それを見たトリスタンが驚愕し、無言の圧力で思わずのけぞったほどだ。

「大公閣下は思い違いをされてらっしゃる」

「思い違い……とは？」

「我々の国、リアム＝ラードーンという国の成り立ちですよ」

「成り立ち」

「一言で申し上げれば、我々の本質は国ではありません。主リアム・ハミルトン個人に心酔する集団に過ぎません」

「……」

「従って主の言葉は絶対、主を侮辱するものへの攻撃を決して止めない」

「い、いや、これは違うんだ――」

「このような賄賂は我々の忠誠心、ひいては主の存在そのものを踏みにじる行為」

スカーレットは無表情のまま言い、【リアムネット】を唱えた。

リアムの改良で、他国にいながらでも使える様になったリアムネットで、リアムからの最新情報を受け取る。

「わたくしは主より全権を任されております、ですので、条件を一つ追加します」

「何？」

「毎年の貢ぎ物、これを大公閣下の長男、ないしは後継者であるものが自ら護送する。これを」

「馬鹿な！　そんな屈辱的な事を――」

トリスタンは反発した。

スカーレットが追加した条件は国としてはほとんど負担が増えないような代物だが、体面やメンツで生きている一面のある貴族――大公トリスタンには耐えがたいものだった。

だから反発した――が。

スカーレットの次の言葉が、反発の言葉を真っ向から打ち砕いた。

「これを受け入れない場合、その年の降雨は認めないものとする」

「こう、う…………雨？」

理解するまで時間がかかったトリスタン。

最初は「何を馬鹿な」という言葉が脳裏に浮かんだが。

それはすぐさまリアム、そして七頭のドラゴンの存在によって打ち砕かれたのだった。

.254

夜、自分の部屋の中。

あれこれとインフラ改善魔法の事を考えていると、リアムネットの通知がなかった。

誰かが俺に向かってメッセージを送って、かつすぐに読んでほしいときはこういう風に通知が出るようにした。

リアムネットを開いて見ると、それはスカーレットからのメッセージだった。

「……ふむ」

『どうかしたのか？』

「ああ、ちょうどいい。ラードーンにも伝言してくれって書かれてるんだ。スカーレットから」

『ほう』

「トリスタンはもう陥落寸前、もう一日だけ待ってくれって言ってるけど、悪あがきに感じた――って」

『そうか』

「ラードーンのおかげだな。昼間追加で送った雨のヤツがすごく脅しに効いたってさ」

『そうであろうな』

「悪あがきを企んでるけど、何があろうとも追い込む手を緩めない、って」

『ふふっ、頼もしいな。人間だからというのもあるが、よほど上手く追い込んだと見える』

「スカーレットは賢い女性だから」

『そうか』

「明日中にケリがつくのか、良かった」

『ひとまずはな。締め上げるのは停戦協定を結んでからが本番だがな』

「ああ、そうだったたっけ」

そういえば、とラードーンに言われて思い出した。

今回はめちゃくちゃに締め上げて、耐えかねてもう一度反発してくる所を徹底的に叩きつぶす、という話だった。

なるほど、確かにそれなら一回停戦してからが本番だな。

『民のみならず向こうの統治者クラスにも相当の節約をしいるが――まあ、お前は気にせずともよい。当然は魔法の事だけを考えていればよい』

「分かった」

俺は頷き、言われた通り魔法の事を考える――が。

「……ふむ」

『どうした』

「いや、ラードーンの言葉で気づいたんだけど……そうだよ、なんでそっちばかり考えてたんだ」

『ふむ？』

「ああそうか、出発点がそうだったからか。でも目的の事だけを考えてたらこっちの方にも頭が回るべきだったな」

『なんだなんだ？　やたらと早口になって興奮しているが、何か面白い事でも思いついたのか？』

ラードーンは楽しげな口調で聞いてきた。

俺が思いついた事で興奮しだしているのがはっきりと分かったみたいな反応だ。

「ああ」

『そうか。出発点がどうのこうのと言っていたが――最初から説明するがいい』

「そうだな、その方がいい。えっと……」

俺は一旦言葉をきって、今回の「最初」がどこにあるのか、それを一度頭の中でまとめてから話し出した。

「インフラの強化なんだけど、今回はみんながいなくなって、魔晶石ブラッドソウルが使い切ってしまった――のが事の発端だ」

『うむ。だからお前は魔晶石が途切れたときの予備を作るためにあれこれ考えていた』

「そうだ。それはまったく間違ってない。あまり多すぎてもしょうがないけど、二つ三つくらいまでは予備があっていい、命綱の数はそれくらいが現実的な所」

『という話だったな』

「でもよく考えたら、それはやるべきだけど、『それだけ』やるのは微妙に間違っている」

『ほう?』

「インフラの消費魔力を少なくする改善も同時にやるべきだったんだよ」

『…………ぷっ』

数呼吸ほどの間を空けたあと、ラードーンは小さく噴き出し、それから「あははははは」と大爆笑した。

「えっと……?」

『あははは……いや、すまんすまん、まさにその通りだな』

「そうだよな」

『うむ。しかもその感覚が非常にいい』

「感覚?」

『うむ。「そっちをやるべきだった」ではなく、「同時にやるべきだった」と』

「だよな」

『古い国の古い言葉に「開源節流」というものがあってな。文字通り「財源を開拓し流出を節約する」というものだが、どっちかではない、どっちもやるという意味を込めた言葉だ』

「へえ」

『節約だけでは限界がある、ふやすのも限界がある。だからどっちもやってしまえ、とな』

「そっか」

『ふふっ』

「うん？　その笑いは何？」

『更に別の時代に「車輪の再発明」という慣用句もある。昔あった事柄を、まったく知らずに自力でたどりついた事を褒める言葉だ』

「あー……えっと」

ちょっと恥ずかしかった。

車輪が人間の歴史の中ですごい発明なのは俺でも分かる。

車輪の再発明――それを今の俺の思いつきになぞらえるのはちょっと恥ずかしかった。

『さて、節約はいいが、何か心あたりはあるのか？』

「心あたりはまだないけど、まずは可能性を探ってみようと思った」

『ふむ、どうするのだ？』

☆

夜の山の上空。

雲に覆われ、月が見えない山とその一帯はほとんど暗闇に包まれている状態だった。

飛行魔法で飛んでいる俺の眼下には、山のシルエットがうっすらとは見えているが、本当にそれが山なのかどうか怪しいくらい、本当にうっすらとしたレベルだった。

「よし、これだけ暗かったら」

まったく見えないのが今はむしろ都合がいいと思った。

俺は目を閉じ、意識を一点に集中する。

「アメリア、エミリア、クラウディア……」

目を閉じたまま、前詠唱をし、魔力を高めていく。

次第に、この日一番の魔力の高まりを感じた。

そして目を閉じたまま、魔力を純粋な魔力として放出した。

見えないのだから、目を閉じたまま。

そのまま山全体を包み込むようなイメージで魔力を放った。

『ほう……』

ラードーンが感心した様な声を出したので、目を開けた。

パッと見分からないし、今でも暗闇の中にいるままだが、魔力が山全体に行き渡って、包み込んでいるのが分かった。

俺はゆっくりと地上に――山頂に降り立った。

そしてまわりをきょろきょろと見回しながら、ゆっくりと歩き出す。

『これは何をしているのだ？』

「ラードーンが教えてくれたアオアリ玉を参考にしたんだ」

『ほう？』

「心あたりはないけど、完全に予測だけど、魔力を帯びて発光する何かしらの鉱石？　があればいいなって思ってな」

『なんのために?』

「今のインフラ、夜の照明は光を放つ魔法だけど、魔力で発光する鉱石があれば――」

『少ない魔力で発光する事ができる、と?』

「という可能性だ。そもそもない可能性もあるし、あっても効率が悪い可能性もある」

『なるほど、だから心あたりはないが探ってみる、という事か』

「そういう事だ」

『相変わらず魔法の事となると頭がよく回る。思考も柔軟だ』

「そうか」

『それよりも山一つをまるごと取り込むほどの魔力量はさすがだな。やはり人間の域を大きく超えている』

「詠唱したからだよ」

俺はまわりを注意深く見回しながら、ラードーンに答える。

『詠唱か。よほどその名前の持ち主が気に入ってるのだな』

「気に入ってるはちょっと違うな」

俺は苦笑いした。

うん、気に入ってる、じゃちょっとエラそうなのが過ぎる。

「憧れてる、っていった方が正しいと思う」

『ほう、お前にそこまで言わせるのか。人間か』

「ああ」

『それは是非一度拝んでみたいな』

「あはは」

俺はちょっと苦笑いした。

拝んでみたい、というのはいかにもラードーンらしい物言いだなと思った。

その時だった。

目の前に「通知」が光った。

闇に包まれた山の中で光ったそれは、目当てのものがあってももはや見えないだろうと思うくらい、ピカピカと光っていた。

「通知……スカーレットからか」

『夜明けを待たずに白旗を上げたのかな』

「かな？」

ラードーンに相づちを打ちながら、俺はリアムネット経由で送られてきたスカーレットのメッセージを開いた。

「トリスタンから交渉人の追加——え？」

そこに書かれた名前には俺は驚愕した。

アメリア・トワイライト。

その名前に、頭の中が真っ白になってしまったのだった。

竜の女子力

魔法都市リアム。

住民の九九％が魔物であるその街にあって、数少ない人間、アスナ。

「アスナ！　起きてる？」

そのアスナの寝室に、一人の幼げな女の子が突入してきた。

入室した直後にツインテールがなびいているのは飛び込んだ勢いと、彼女の性格を同時に表している。

デュポーン。

伝説の神竜の一人で、かつて「三竜戦争」という天変地異の大災害を引き起こした者の一人は、誰が見ても美少女だと評するほど、人型で可愛らしい見た目をしていた。

そんなデュポーンが飛び込んだ部屋の中はカーテンが締め切ってあって、部屋の主であるアスナはまだ布団の中でまどろんでいる。

「うぇ……」

デュポーンが飛び込んできても、アスナはかろうじて目を覚ましたくらいで、何が起きているのかまったく把握できていない呆けた反応を返してしまう。

「起きてアスナ！　今日もいろいろ教えて！」

「でゅぽーんちゃん……？　ごめん、もうちょっと寝かせて……」

「だーめー、おーきーてー」

デュポーンはベッドに飛び乗って、アスナの肩をつかんで体をゆっさゆっさと揺らした。

人間の姿でもかなりの力を有し、その気になれば山一つを容易に消し飛ばすことができるデュポーン。

そんなデュポーンがかなり力をセーブしていて、人間基準の力加減でアスナの肩を揺らしている。

この場に他の二人がいれば白い目で呆れるか己が目を疑うかのどっちかになっていただろう。

デュポーンはアスナを揺らし続けた。

朝一番で、まだまだ寝足りていないアスナは観念して起きるしかなかった。

体を起こして、足を床に下ろした状態でベッドに座り、伸びとあくびをした。

「もう……デュポーンちゃん強引すぎ。もうちょっとこっちの都合も考えて」

「だってアスナだけだもん、分かる子ってダーリンにもっと相応しい女の子になるための……なんだっけ」

「女子力？」

「そう女子力！」

デュポーンはびしっ！　という感じでアスナを指さした。

その指さす勢いが常人のそれを遥かに超越していて、ベッドに腰掛けているアスナの長い髪が突風に吹かれたかのようになびいた。

その指が当れば人間の肉体など薄紙のようにたやすく貫通してしまうであろう勢いだが、アスナは既にデュポーンのそれに慣れて、なじんできていた。

「その女子力をもっと教えて」

「はいはい、じゃあ——せっかくだからここね」

アスナはそう言い、デュポーンは突き出したままの指にそっと手の平を重ねながら言った。

「ここって、指？」

「——もそうだけど」

アスナはそう言い、ゴホン、と咳払いをしつつ芝居がかった口調で話し始めた。

「女子力レッスンその三四、末端まで綺麗に」

「まったん？」

デュポーンは首をかしげ、困惑しきった表情を浮かべた。

「指先とか、髪の毛先とか。そういう体の末端」

「ふんふん」

「そういう末端まで綺麗に保てるというのが女子力高いの。でも」

「でも？」

アスナ説明を聞いて、一瞬は納得しかけたデュポーン。

そこに「でも」と言われ、困惑の表情に戻ってしまう。

「末端の細かい所までやり過ぎると、今度は男の子の方が気が付かなくなってしまう。それと細か過ぎると逆効果になってあんまり良く思わない男の子も出てくる」

「そ、そうなの？」

「そう。デュポーンちゃんが欲しい女子力ってリアムに好かれるためのものでしょ」

「もちろん！」

「じゃあやり過ぎはだめ。そこそこの所で、その上わかりやすく」

「そこそこ……わかりやすく……」

デュポーンはまたまた困ってしまった。

言葉の意味は分かるのだが、実際にどうすればいいのかまったく思いつかないという顔だ。

「ね、ねえ。どうしたらいいの？」

「ちょっと待って」

アスナはベッドから飛び降りた。

部屋の隅っこにあるタンスを開いて、少しの間探して、いくつかの物を手にして戻ってきた。

「ちょっとの間我慢してね」

「うん」

アスナがそう言い、デュポーンは頷いた。

驚天動地の圧倒的な力を持つ神竜・デュポーンだが、アスナに手を預けて好きにさせている。

アスナはデュポーンの綺麗な手をとって、タンスから持ってきた石を使って爪先を磨いた。

指の爪というよりは「クロー」といった方が相応しそうなデュポーンの爪を磨いて、先端を丸っこく仕上げていった。

そうして同じくタンスから持ってきた小さな瓶を開けて、その中のマニキュアで、爪に色を塗っていく。

色は薄いピンク。

皮膚の色とほぼ同じだが、少しだけピンク色だ。それを塗った事で光沢のある、しかし素肌とほとんど同化してしまうくらいの綺麗なピンク色の爪になった。

丸い爪に、ピンクの色。

アスナは丁寧にデュポーンの一〇本の指を仕上げた。

「はい、これでよし」

「これでいいの？」

「うん。これくらいが男の子でも気づくくらいの、丁度いい女子力」

「ダーリンがこれ見て喜ぶ？」

「いやな気はしないはずだから、一回見せてきたら？」

「そうだね！　そうする！　ありがとうアスナ、また来るね！」

デュポーンは嵐の如くアスナの部屋から飛び出した。

「がんばってねー」

アスナは手を振って、デュポーンを見送った。

伝説の神竜と、妙齢の女の子。

魔法都市の一角で、意外な組み合わせの二人が意外な理由で仲を深めていたのだった。

あとがき

人は小説を書く、小説が描くのは人。

皆様初めまして、あるいは久しぶり？

台湾人ラノベ作家の三木なずなです。

この度は拙作『没落予定の貴族だけど、暇だったから魔法を極めてみた』第七巻を手に取っていただきありがとうございます。

おかげさまで第七巻まで出す事ができました。

今回もコンセプトは同じですが、ちょっとだけリアムに課題とタイム制限がかかっての内容となります。

とはいえ、それは「課題」で「障害」ではありません。なので最終的にはリアムがバッチリクリアしていくお話ですので、今まで通り安心してお買い求めいただけますと幸いです。

また今回はコミックと同月発売でございますので、そちらも何卒よろしくお願いいたします。

最後に謝辞です。

イラスト担当のかぼちゃ様、今回もありがとうございます。表紙もイラストも全て最高です！

第七巻を刊行させて下さった担当様、ＴＯブックス様。本当にありがとうございます！　ありがとうございます!!

そしてこの巻まで手に取って下さった皆様に、心から御礼申し上げます。
次巻もまた出せるくらいに売れることを祈りつつ、筆を擱《お》かせていただきます。

二〇二三年六月某日　なずな　拝

没落予定の貴族だけど、暇だったから魔法を極めてみた
～クリスはご主人様が大好き！～　第一話（試し読み）

漫画：戸瀬大輝
原作：三木なずな
キャラクター原案：かぼちゃ

教えてほしいな
もっとあたしの
知らない世界
クリスは？
あれ
さっき
リアムのとこ
行くって
言ってたよ
俺の？
お前の
寝床に戻って
みるといい
！
さすが
ラードーン
ここのことは
なんでも
把握してるんだ

キィィ…
んん…

おにゃ
ご主人様だいすき

ずっと封印の地《ここ》を
守ってきた
いや
単純に楽しかった
戦って
戦って
強くなって
これがウェアウルフ
としての生き方
そう思ってた
——だけど

ザザッ
ガルルル
クリス
危ないっ!!
!

ありがとう
ご主人様
砂が柔らかくて
滑りやすいから
気をつけてね
へへ
ぽふ
ぽふ
うん
ふわふわで
あったかい
ザザ…
クリス
遊ぼー！

こら
今日は食料を確保しに来たのだろう？
ザザ…
今回は自分の水着も用意してほしいってわくわくしてたのに
『人』の姿で歩き回る時の我なりの配慮だ
ありがとう神竜様！
ほら海って気持ちいいよ！
ちょっ だから遊びではないと…

お前ら…
みんな嬉しいんだよ
君含めて楽しさを共有することがさ
今は浮かれさせてあげよう

びち
でんっ
クリス…
あたし
お魚獲るの上手に
なったんだよ
川より
おっきいの
たくさんいるんだ！
ここを守る
以外にも
成長して
いるのだな

にこっ
リアム
ん？
うん
わかった

ハンギングハーデン!!
遊ぶなら全力で遊べって
きもちー!
ぷかー

リアム　こんな魔法も使えるの!?
わっ
息もできるように水中呼吸の魔法も混ぜといたから

海を運んできただけでも凄いことですのに
主の魔法の幅と力にはほれぼれしますわ
スカーレット

神竜様から お誘いが ありましたの
やっぱり 楽しみに してたんじゃ ないか
まだまだ 覚えたい魔法 たくさんあるよ
国の王として …ってのも あるけど
自分の 可能性を試したい
結果 良い国になると 思いますわ
これから 魔法の網で 魚を獲るんだ
そんなことも できますの？
うん
王女殿下の 口に合うか わからないけど ご飯も食べてってよ
へへへ

わく
お刺身
わく
からあげ
わく
魚種より
合う料理名で
覚えてるのね
わく
お鍋
今日は美味しい
手料理いっぱい
作るわね
ワーイ
やったー

人
エルフ
神竜様
日々
楽しいが更新されるの
みんなが
運んできてくれるの

むにゃ
だいすき…
たくさん遊んでたくさん働いて
寝てしまったか
食料はアイテムボックスで村に転送したし
クリスはすべてに全力だから
俺らも帰ろう

テレ ポート
シュパ
主 帰られましたか!!
って
目のやり場に困るでござる
あら あら
カァーッ

ごはん！
ガバ
大丈夫
まだだよ
あれっ あたし 寝ちゃってたの
ご飯の前に お風呂ッ
ね！

ちょっと前までは
見渡す限り
緑1色で
人が住めそうな
ところすら
なかったのに
リアムのいる
ところには
知恵や技術
不思議と
集まってくるのよね
あわ〜
あわ
あわ

リアム・ハミルトン
ハミルトン伯爵家の5男
弱冠12歳で数々の魔法を使いこなす数百年にひとりの才能の持ち主で
神竜『ラードーン』と交えし者

ラードーンが
封印をしていた土地のひとつ
『封印の地』で新たに国を作り
いろいろな
種族を交え
生活をしている
みんな
ご主人様が
大好きなんだ！
くすっ
そうね

ジョディさん
また若返ってません？
1日
リアムくんと一緒に
いたからかしら
アスナちゃん
髪結んであげるわね

クリス 海に出ている間 お洗濯しといたからね
ありがとう レイナ!

水着も
動きやすくて
好きだけど
やっぱ
この服がいい
契約魔法・ファミリア
あたしはリアム様と
契約し
ウェアウルフから
人狼に進化した
契約を結んでしまうと
絶対服従
主人の命令には
逆らえない
でも
リアム様は……!
ご主人様は
そんな目的で
契約したんじゃない
優しいんだ

ん～～～～♥
もぐ
もぐ
美味しいですわ
それはよかったです
これはそれがしのでござるよ
いやあたしのよ
ぐぬ～～～っ

ひょこっ
まだまだあるって
ごしゅじん
あるじ
ギャ〜〜
痛いッ
痛い!!
痛い!!
すすまないでござる

ここの景色も
ほんと
変わったな
この土地以外にも
守るもの
守りたいもの
たくさん
増えた
たくさん
ふぁ

これからも
側にいさせてね
ご主人様

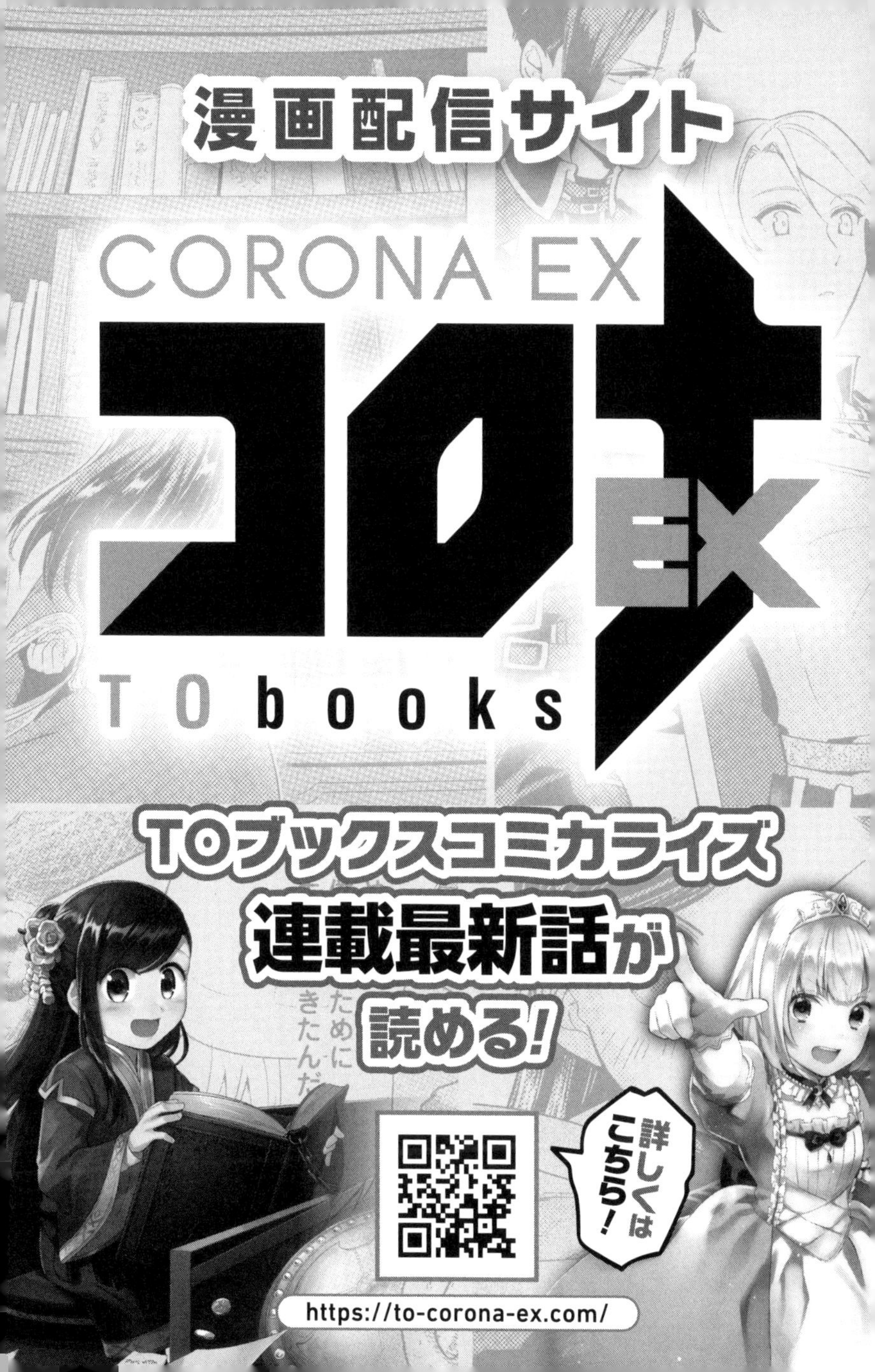
漫画配信サイト
CORONA EX
コロナEX
TObooks
TOブックスコミカライズ
連載最新話が
読める!
詳しくはこちら!
https://to-corona-ex.com/

コロナEXにて
絶賛配信中!!
こちら!▶

没落予定の貴族だけど、
暇だったから魔法を極めてみた
@comic
漫画：秋咲りお
原作：三木なずな
キャラクター原案：かぼちゃ
CORONA EX
コロナEX
TObooks
詳しくは

第7巻も強ジョブ・お宝超ゲット！ お楽しみに！
2023年秋発売！
S〈エデン〉全員《メンバー》!!
総力戦開始

07
次巻予告
ゼフィルスへの
嫉妬に狂った男たち＼
前代未聞の
GAME ADDICT PLAYS "ENCOURAGEMENT FOR JOB HUNTING IN DUNGEONS" FROM A "NEW GAME"
ゲーム世界転生
〈ダン活〉
～ゲーマーは[ダンジョン就活のススメ]を〈はじめから〉プレイする～
REINCARNATION IN THE GAME WORLD DANKATSU
ニシキギ・カエデ
イラスト：朱里

臨兵闘者
[著]イスラーフィール
[絵]碧風羽《みどりふう》
最新第十五巻2023年11月20日発売決定!!
続報は作品公式HPをチェック！ tobooks.jp/afumi/

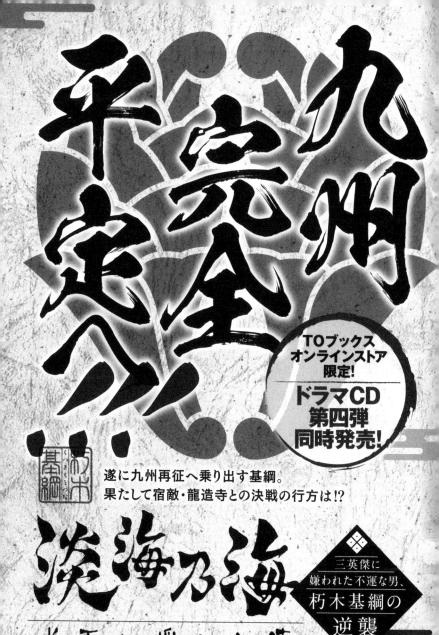

次号予告
case2 自称サバサバ女　ユフィー
何でも欲しがる
自称サバサバ女さんが
遂には婚約者まで欲しがるようになって…!?
「妹　ユフィー」
ねえ、いいでしょう?
私に譲ってよ
「姉　リリアン」
ひ、ひどすぎる
いざ成敗!

2023年冬
発売予定！
ゲーム内の婚約者を寝取られそうな令嬢に
声が届くので、自称サバサバ女の妹を
毎日断罪
することにした
初枝れんげ
Illust. 岡谷

また
とんでもないこと
言い出した・・・
弟を皇帝にするため、
国際問題を
解決します！
コミカライズ
2023年
連載開始予定！
不遇皇子は
天才錬金術師
3
～皇帝なんて
柄じゃないので
弟妹を
可愛がりたい～
Fugu oji ha tensai
renkinjutsushi
著 うめー
イラスト かわく

君のためなら
どこまでも、
いざ北の国へ！
2023年発売予定！

次回予告
闇組織の縄張り争いは
シノギで決着!?
手打ちにしましょう
コミカライズ進行中!
URAKAGYOTENSEI
裏稼業転生
〜元極道が家族の為に
領地発展させますが何か?〜
3

このニホン酒《シノギ》で
心優しき元極道少年の
義理と人情の
領地経営ファンタジー！
2023年冬 第3巻発売予定！

没落予定の貴族だけど、暇だったから魔法を極めてみた７

2023年10月1日　第1刷発行

著　者　三木なずな

発行者　本田武市

発行所　TOブックス
〒150-0002
東京都渋谷区渋谷三丁目1番1号　PMO渋谷Ⅱ　11階
TEL 0120-933-772（営業フリーダイヤル）
FAX 050-3156-0508

印刷・製本　中央精版印刷株式会社

ISBN978-4-86699-949-4